Paul Keller

Altenroda

Bergstadtgeschichten

Paul Keller: Altenroda. Bergstadtgeschichten

Erstdruck: Breslau 1921

Neuausgabe
Herausgegeben von Karl-Maria Guth
Berlin 2017

Umschlaggestaltung von Thomas Schultz-Overhage unter Verwendung des Bildes: Ivan Shishkin, Stadtdächer im Winter, um 1860

Gesetzt aus der Minion Pro, 11 pt

Verlag: Henricus - Edition Deutsche Klassik GmbH
Mörchinger Str. 33, 14169 Berlin, info@henricus-verlag.de
Druck: Libri Plureos GmbH, Friedensallee 273, 22763 Hamburg

ISBN 978-3-7437-0210-3

Bibliografische Information der Deutschen Nationalbibliothek

Die Deutsche Nationalbibliothek verzeichnet diese Publikation in der Deutschen Nationalbibliografie; detaillierte bibliografische Daten sind im Internet über www.dnb.de abrufbar.

Inhalt

Ein Rundgang – zugleich eine Ouvertüre 4
Vom Musikleben in Altenroda 18
Der Schuldturm 67
    Das traurige Schicksal des Meisters Michael 67
    Vom törichten Kaspar 76
    Rauchermärchen 82
Die drei Geizhälse 90
    Der evangelische Geizhals 90
    Der katholische Geizhals 93
    Der jüdische Geizhals 101
Zwei Idyllen 107
    Der Briefkasten 107
    Hero und Leander 109
Ansorge 123

Ein Rundgang – zugleich eine Ouvertüre

Liebe Stadt, wenn ich dein gedenke, wird mir die Seele ruhig. Dann bin ich auf eine Weile fort aus dem schrecklichen Leben, das wir nun alle führen müssen. Wie ein Jüngling erwache ich aus schwerem Schlafe und schaue in unschuldiges Frühlingslicht.

Wenn ich dein gedenke, Altenroda, dann ist es mir, als sei alles nicht wahr, das von Leid und Angst, von Enttäuschung und Gram, von den Toten, die noch leben müßten, vom bösen Kriege und von der Schande des Vaterlandes, als sei alles nur ein Traum gewesen, so furchtbar, daß das Erwachen desto tröstender ist. Du bist noch da, liebes Altenroda! Der Eulenwald schirmt dich noch auf mit seinen grünen Armen, der Ochsenkopf baut sich noch auf wie eine trutzige Feste, die Poststraße läuft durch die bunte Aue und auf dem Flüßchen schwimmen die silberweißen Enten.

Altenroda! Wie mich die Sehnsucht quält, dich wiederzusehen, dir zu sagen: »Siehe, ich lebe auch noch. Laß mich wieder einmal durch deine alten Straßen gehen!«

Heute wollte ich zu dir hinfahren. Es ist nicht weit. Als ich auf den Hauptbahnhof meiner großen Stadt kam, standen Maschinengewehre davor. Irgendwo, auf einer entfernten Gasse war wildes Geschrei. Ein Beamter kam und sagte, es sei Eisenbahnerstreik; die Züge führen nicht. Traurig ging ich heim. Ich durfte nicht nach Altenroda.

Deine Kinder bekommen alle das Heimweh, wenn sie von dir ferne sein müssen – auch ich habe das Heimweh nach dir. Und wie man nicht nach Sünden seines Vaters oder seiner Mutter fragt, sondern ihr Bild heilig und unversehrt im Herzen bewahrt, so mag ich nicht fragen, ob auch dir, Altenroda, der Krieg die Jugend nahm, ob auch dir die Revolution das Glück ermordete. Ich sehe dich im Lichte alter Zeit, friedlich und schön, waldfrisch und heimlich.

Ich kann nicht zu dir, weil die Züge nicht fahren. Aber ich will mich hinsetzen und alte Erinnerungen an dich aufschreiben. Dann bin ich bei dir – in dir. Ich baue mir rasch ein weißes Luftschiff mit silbernem Propeller, darauf fahre ich zu dir hin im Sonnenscheine unter dem schweigenden Himmel. Schwalben umzwitschern mich,

Störche ziehen flügelschlagend vor mir her; vom Bienenstocke meines Vaters steigt die Frau Königin mit ihrem Gefolge auf und bringt mir einen Gruß; dort über den Bergen des Ostens blinkt schon der frühe Mond.

Es geht über die alte Heimaterde. Der Hahn vom Kirchturme glitzert herauf, die Wälder wogen tief unten wie blaue Teiche. Wie Fußschemel sind die Berge; aber ich bin ein Kind, meine Beine sind zu kurz, die Schemel zu erreichen; sie baumeln in freier Luft. Von unten her singen Lerchen wie Kanarienvögel, die am Fußboden sitzen. Die Glocken klingen aus der Tiefe. Kinder sehen mein Schiff, zeigen nach oben und jauchzen. Sie rufen herauf: »Du! Du! – Laß mich ein Stückchen mitfahren!«

So fahre ich gen Altenroda.

Von ungefähr greife ich aus der Weste einen Taschenkalender heraus. Welches Datum haben wir? Den 6. Juli 1913. Aha, das ist mein vierzigster Geburtstag. Es ist also doch nicht wahr, daß ich nahe der »50« bin, es hat auch gar keinen Weltkrieg von 1914 bis 1918 gegeben. Das waren nur böse Träume. Es ist erst der 6. Juli 1913. Der Kalender muß es wissen.

Gott sei dank! Erst 1913. Nun werde ich in Altenroda mitten in den Frieden hineintreffen und keine Trauer- und Angstgesichter, wohl aber die alte deutsche Ehre und das alte deutsche Glück finden.

Da ist schon der Gipfel des Ochsenkopfes. Vom Aussichtsturme der Bergbaude weht die schwarzweißrote Fahne. Es muß wohl ein Festtag sein, daß sie geflaggt haben. Vom Ochsenkopfe herab hat einmal ein Köhler eine ganze Stadt zuschanden geraucht – huhu! Und dort oben sind jetzt immer die Volksfeste. Am Abhang des Berges stand in alter Zeit der Galgen; jetzt ist eine lustige Wiese dort. Alle Tyrannen der Welt werden am Ende lächerlich; auf dem Schindanger grasen die Gänse.

Nun eine Biegung; ich bin über dem Flusse, über der Poststraße, über der bunten Aue. Links vor mir liegt der meilenweite Eulenwald. Auf der Straße marschiert junges, buntmütziges Volk. Gymnasiasten sind es, die in die Ferien wandern. Sie singen, jubeln und – rauchen. Aha, daher hatte der Ochsenkopf geflaggt. Die großen Ferien beginnen. Da freut sich die ganze Stadt mit den Kindern und feiert ein Fest.

Nun der Rathausturm, die Kirchentürme, der Schuldturm, das hohe, spitzgiebelige Dach der Kranich-Apotheke – ich bin da!

Ich muß zu allererst nach dem »Goldenen Löwen«, muß mich bei Vater Speer anmelden. Wie kann er ahnen, daß ich komme?

Er hat es aber doch geahnt, eilt mir entgegen, soweit er mit seinen zweihundertfünfzig Pfund eilen kann, schiebt das Käppchen auf dem Kopfe hin und her, lacht und sagt: »Ich dachte mir's schon. Mit Ihnen geht mir's wie mit dem Wetter. Ich merke die Ankunft vorher in den Knochen.«

»Wenn's nur kein Reißen ist, Vater Speer.«

»Nö, nö! Das Wetter ist ja sehr schön heute.«

»In Altenroda ist immer schönes Wetter.«

Er lacht sein gutmütiges Meckern.

»Haha, da ist er kaum rein zur Stadt und sagt schon wieder was Lächerliches. Immer schönes Wetter! Da hätten Sie mal den Sturm am 17. April erleben müssen. Die halbe Stadt abgedeckt. Da war gerade der August Stumpe da ...«

»Ach der! Den habe ich neulich den »Tristan« singen hören. Herrlich!«

»Wie er den Christian singt, weiß ich nicht; aber das weiß ich, daß er am 18. April nach dem Sturme auf die Häuser rauf ist und Dächer geflickt hat vom Morgen bis in die sinkende Nacht.«

»Ein guter Sänger!« sage ich in Erinnerung an einen schönen Theaterabend.

»Ein guter Dachdecker«, sagte Vater Speer in Erinnerung an den Sturm.

»Der Stumpe – so so – der war da. Ja, die Altenrodaer Kinder hängen an ihrer Stadt.«

»Gehört sich auch! Nur der Cyrill ist nicht mehr dagewesen. War wohl doch ein bißchen obenhinaus und konfuse. War ja aber kein Einheimischer.«

Die Häuser sind mit Fahnen, Girlanden und Tannenreis geschmückt.

»Das ist wohl wegen des Ferienanfangs?«

»Jawohl. Na, es ist doch ein Festtag. Die Schützengilde macht heute Umzug und abends ist bei mir ›Sommernachtstraum‹ im ›Löwen‹.

Früher hieß es ›italienische Nacht‹. Aber das haben wir abgeschafft; wir sind ja wohl keine Italiener.«

»Nein, Vater Speer. Sind die Hullah-Araber noch auf dem Gymnasium?«

»Nein, Gott sei dank nicht. Das waren, weiß Gott, die größten Vagabunden, die wir hier auf der Schule gehabt hatten. Haben im März alle ihr Abitur gemacht, alle bestanden und sind nun fort nach den Universitäten.«

»Das freut mich!«

»Mich auch! Und die ganze Stadt freut's! Daß sie fort sind! Das sind, darauf nehme ich Gift, die Burschen gewesen, die mir zur Nachtzeit immer die leeren Fässer aus dem Hofe nach dem Marktplatz rollten und die den Fuhrleuten vor dem ›Löwen‹ die Pferde ausspannten. Und wegen der Promenadenesel von damals habe ich auch meinen Verdacht. Sie wissen schon – wegen Hero und Leander!«

Wir gehen ein Stückchen weiter.

»Der gute Vater Ansorge ist also tot?«

»Leider!« sagt der Löwenwirt düster. »Viel zu früh! Erst siebzig! Er hat der Stadt sein ganzes Vermögen vermacht.«

»Und Dr. Schicketanz auch?«

»Der auch! Liegen beisammen. Wird sich auch so gehören.«

»O, der Tod!«

»Ja, der Tod!«

Vater Speer spuckt gerade aus, als ob er dem Tod ins Gesicht treffen wollte.

Im Sonnenschein liegt die Krumme Straße, die ein wenig bergauf führt. An den Häusern sind Söller und Balkone, vor den Türen stehen grüngestrichene Bänke. Das Pflaster ist holperig. Selbst Herr Ansorge, der große Wohltäter der Stadt, hat nicht haben wollen, daß neumodisches, glattes Pflaster käme. »Solches Katzenkopfpflaster«, hat er gesagt, »gehört zur kleinen Stadt. Es macht ihm seine Marktmusik. Ohne Rumpeln kein fröhlicher Markt.«

In den Hausgärten hängen die Kirschbäume voll goldener Fruchtkugeln. In den zahlreichen Starkästen hausen Sperlinge. Speer weist darauf hin und brummt: »Wer in einem Obstgarten Starkästen aufhängt, ist so dumm wie einer, der in der Vorratskammer Mäusenester anlegt.«

»Aber, Papa Speer, Sie haben ja wohl in Ihrem Garten auch viele Starkästen?«

»Leider! Die Dummen werden nicht alle!«

Die Leute, die in den Türen stehen oder uns begegnen, reichen uns die Hände und plaudern mit uns. Man kommt in Altenroda langsam vorwärts. Mein Gedächtnis wird bewundert, weil ich noch weiß, daß die kleine Friedel zugleich Scharlach und Diphtherie hatte, und daß Dr. Schicketanz sie rettete, und weil ich mich erkundige, ob der geblümte Rock sich gut getragen habe, den die Großmutter nach langem Rechnen und Zaudern um eine Mark und zwanzig Pfennige das Meter gekauft hatte.

Wir kommen am »Weißen Roß« vorbei.

»Wie geht es dem Wirt?«

»Schlecht! Hat zu hohe Preise. 1911er Zeltinger verkauft er die Flasche für zwei Mark und fünfundzwanzig Pfennige. Das kann kein Mensch zahlen. Die Gäste verkrümeln sich. Ich habe diesem Roß von Roßwirt gesagt: ›Ich verschenke den Zeltinger für zwei Mark; gib du ihn für eine Mark und neunzig Pfennige und du hast die Gäste.‹ Er kann's nicht tun, hat den Wein selber mit zwei Mark in der Hand. Saure Schnauze gehabt beim Einkauf. Kommen Sie, wir wollen die Konkurrenz was verdienen lassen.«

Wir kehren ein und lassen die Konkurrenz was verdienen. Im Lokal sitzt ein dürres Männchen mit einer Brille auf der Nase. Es wird von Vater Speer auffallend schlecht behandelt.

Draußen frage ich: wer der Dürre sei.

»Ach der«, knurrt Speer; »der ist ein schlechter Kerl. Ein Berliner. Früher ist er Archivrat gewesen, und bei seiner Pensionierung ist er leider auf den Gedanken verfallen, nach Altenroda zu ziehen. Jetzt kriecht er auf den Bodenräumen des Rathauses rum, stöbert in alten Pfarr- und Innungsbüchern und schreibt blecherne Artikel. Wütend sind wir auf den!«

»Was schreibt er denn?«

»O, der hat zum Beispiel geschrieben, die Stadt Wenighofen sei gar nicht von unserem Köhler zuschanden geraucht, sondern im Hussitenkriege *anno* Vierzehnhundert so und so viel zerstört worden. Denken Sie, wenn das die Kinder lesen! Das ist, als wenn sich ein Kerl zu Weihnachten vor die Kleinen hinstellt und ihnen sagt: ›Es gibt gar kein Christkind; der ganze Plunder, über den ihr euch so freut, ist aus dem Warenhause.‹ Eine Roheit ist so etwas. Auch die Geschichte vom Meister Michael und seiner Wunderuhr hat er angezweifelt. Er hat gesagt, das hätte sich gar nicht bei uns, sondern in Olmütz zugetragen. Er saß bei mir im ›Löwen‹, als er das behauptete.«

»Was haben Sie denn darauf erwidert?«

»Ach, erwidert hab' ich gar nichts; ich hab' ihn bloß rausgeschmissen.«

Aus der Gerbergasse tönt Kinderlärm. Eine ganze Schar ärmlich gekleideter Buben und Mädchen tollt dort herum. »Sehen Sie«, sagte Vater Speer, »drei Viertel von diesen Radaumachern sind direkte Nachkommen von Paul Distelfink, Enkel oder Urenkel. Na, Sie kennen ja die Geschichte von Ansorge und Distelfink und der dummen Emma. Ja, ja, lauter Distelfinken! Wenn das so weiter geht mit dieser Familie Distelfink, ist Altenroda in sechzig Jahren eine Großstadt. Und ein Mann wie Ansorge muß sein Leben lang einsam bleiben und erhält keinen Erben!«

Seit einigen Minuten ertönt Glockengeläute. Nun begegnen wir einem Leichenzuge; gerade an der Marktecke zieht er an uns vorüber. Vornweg ein mit schwarzen Schleiern geschmücktes Kreuz, dann etwa vierzig Schulkinder, die unter Leitung ihres Kantors ein Begräbnislied singen, hellstimmig, krähend, fidel, als ob es zu einem Schulausfluge ginge; dann ein blasser, junger Geistlicher, der in einem Gebetbuche liest, vor ihm rotbäckige Ministranten mit Weihbrunnen und Rauchfaß, äußerlich würdig, aber die Augen rechts und links werfend; dann der Sarg, von sechs Männern getragen, denen die Zylinderhüte schief auf dem Kopfe sitzen und die Zitronen in der Hand tragen; dann schwarzgekleidete Leidtragende und zuletzt viel Volk. Die meisten Leute des Trauergefolges machen gleichgültige Gesichter; manche schwätzen miteinander.

»Der alte Kesselschmied Mentke«, flüstert mir Speer zu. »Dreiundachtzig Jahre alt. Der Tod war eine Erlösung.«

Einem Begräbnisteilnehmer ist sein Hund nachgelaufen gekommen, ein schöner Dobermann. Umsonst versucht der Mann, durch zischelnde, zornige Befehle, durch Drohen mit dem Regenschirme oder scheinbares Aufheben eines Steines das Tier zur Rückkehr zu bewegen. Er erreicht nur, daß sich der Dobermann als Letzter dem Trauerzuge anschließt.

Vater Speer und ich haben unsere Häupter entblößt, als der Sarg vorbeigetragen wird, und gehen nun langsam auf dem Bürgersteige mit, begleitet von einer Kinderschar. Eine Arbeiterfrau gibt ihrem Sprößling, der seinen Reifen neben dem Sarge hertreibt, eine gewaltige Ohrfeige. So geht der Schlingel jetzt bitterlich weinend, die schmutzigen Fäustchen in die Augen gebohrt und den Reifen um den Hals gehängt neben dem Sarge her als der Betrübteste im Zuge.

Alle Türen öffnen sich. Käufer und Verkäufer treten aus den Läden und entbieten dem toten Kesselschmiede einen letzten Gruß. Nur der Barbier mit seinem Streichriemen und seinem eben eingeseiften Kunden hätten sich lieber nicht in der Türe zeigen sollen. Von der Berliner Straße her, die am anderen Ende des Marktplatzes mündet, tönt schmetternde Musik. Die Schützengilde marschiert an; die Kapelle spielt einen wirbelnden Marsch. Plötzlich bricht die Musik ab. Der Kapellmeister hat den Begräbniszug erblickt. Er spricht leise auf die Musiker ein, und als der Sarg vorbeigetragen wird, läßt er, ein Protestant, ob es auch ein katholisches Begräbnis ist, den herrlichen Choral spielen: »Meinen Jesum lass' ich nicht; Jesus wird mich auch nicht lassen«. In strammer militärischer Haltung steht die Schützengilde und die Fahne senkt sich vor dem alten Kesselschmiede.

Als der Zug schon um die nächste Biegung und nichts mehr davon zu sehen ist, steht die Gilde immer noch da. Der Kapellmeister überlegt, wie er in die so jäh unterbrochene Freudenstimmung musikalisch zurückfinden könne. Etwas Lustiges muß es wieder sein; denn dafür ist Schützenfest; aber es soll doch an das eben gehabte ernste Erlebnis angeknüpft, etwas Schickliches zur Überleitung gefunden werden. So läßt der Kapellmeister spielen: »Muß i denn, muß i denn zum Städele hinaus« und dann in die Hohe Gasse nach dem »Löwen« einbiegend: »Freut Euch des Lebens, weil noch das Lämpchen glüht ...«

Da habe ich wieder ein echt Stück Altenroda erlebt. Es ist nichts, was mich an diesem Leichenbegängnis mit seiner Mischung von Wehmut, Feierlichkeit und Humor gestört hätte. So ist Altenroda, so ist schließlich das ganze Leben – neben den Särgen der Alten treiben die Kinder ihre Reifen, blasen die Musikanten.

Ich denke daran, daß der alte Mentke nun für immer zum Städele hinaus muß, in dem er über acht Jahrzehnte lebte. Glückliche Reise in die große Ferne! Alter Mentke, gelt, es war schön in Altenroda!

Mein Begleiter Speer räuspert sich.

»Weiß der Himmel«, sagt er, »wenn ich ein Begräbnis gesehen habe, muß ich immer was trinken. Es ist mir stets nicht ganz lauter um den Magen. Gehn wir mal zum Apotheker.«

Dazu bin ich gern bereit. Der Apotheker ist mein Freund seit langem. Er ist einer der angesehensten Bürger, in vielerlei Wissen erfahren, sehr musikalisch, als Sänger kunstgerecht ausgebildet, etwas streitsüchtig, aber im ganzen eine goldene Seele. Über der Tür seiner Apotheke funkelt ein goldener Kranich, das hochgiebelige Haus ragt stattlich in die Luft. Hinter dem Geschäftsraume der Apotheke ist eine Trinkstube, die der Apotheker, der von Hause aus Oberösterreicher ist, den »Giftgadern« nennt. »Gadern« ist ein durch ein »Gatter« abgeschlossener Raum.

Der Apotheker mich sehen, an der Hand fassen und in den Gadern ziehen, das geschieht alles in Sekunden. »Freut mich, Sie zu sehen!« oder auch nur »Guten Tag!« sagt er nicht. Er hält das für selbstverständlich und haßt Phrasen, die ja meist doch rein gar nichts bedeuten.

Der Giftgadern der Kranich-Apotheke zu Altenroda ist – glaube ich – eine der verrücktesten Trinkstuben der Welt. Ein Panoptikum. Einmal ist einer, der im Gadern auf einem Sofa über Nacht blieb und in bleichem Mondlichte aufwachte, in Schreikrämpfe verfallen. In einer Ecke steht ein Totengerippe. Daneben hängt auf der einen Seite das Bild einer alten Zigeunerin, auf der anderen ein Gemälde, das ein hoch talentierter futuristischer Maler gestiftet hat und das die »Maul- und Klauenseuche« darstellt. Ich glaube, daß dieses Gemälde das Allerschrecklichste im Giftgadern ist; wer es angeschaut hat und bei gesunden Nerven geblieben ist, erschrickt vor nichts mehr im Leben. In einer anderen Ecke steht ein Ritter in Originalrüstung. Auf seinem Schilde ist eingraviert: *Qui bene bibit bene dormit, qui bene dormit non peccat, qui non peccat venit in coelum, item qui bene bibit venit in coelum.* (Der Archivar aus Berlin hat diese Inschrift als eine nachträgliche Fälschung erklärt und darf daher nicht mehr in den Gadern kommen.)

Die Wände sind bis an die Decke mit Bildern, Konsolen, Urnen, Kriegstrophäen bedeckt, alles in erstaunlichem Durcheinander, so daß eine Karikatur Napoleons I. neben dem Bilde einer neuzeitlichen Berliner Theaterdiva hängt und eine (auch vom Archivar angezweifelte, aber trotzdem echte) Tabaksdose Friedrichs des Großen auf einer Konsole neben einem in ein ganz modernes Glaskästchen eingeschlossenen Bleistiftlein liegt, mit dem der Dichter Geibel angeblich das schöne Lied: »Der Mai ist gekommen« geschrieben haben soll.

»Ordnung«, sagte der Apotheker, »ist in einem Giftgadern nicht zu fordern. Außerdem, wer sollte auch Zeit und Lust genug haben, hier Ordnung zu machen? Wem's nicht paßt, der bleibt draußen.«

Der Mann hat recht: die Erde und ihre Zeit und ihr Raum sind winzig wie ein Stäublein, das im Winde fliegt. Homer und Geibel sind Zeitgenossen, Altenroda und Peking liegen dicht beieinander.

Im Giftgadern sitzen drei Männer, alte Bekannte von mir. Keiner läßt sich durch meine Ankunft in der Unterhaltung stören.

Denn das hat der Apotheker heraus: nichts stört in einer Gesellschaft mehr, als das ständige »Guten Tag« und »Ade« sagen. Sitzen Leute zusammen und unterhalten sich gerade gut, kommt ein neuer hinzu, reicht jedem die Hand: »Guten Tag, Herr Schulze!« – »Guten Tag, Herr Müller!« – »Guten Tag, Herr Lehmann!« – so hat er mit seinem nichtssagenden Grüßen die Unterhaltung gestört, das feine Geflecht der Behaglichkeit zerrissen. Und sind die Maschen wieder geschlungen, steht einer auf, reicht jedem die Hand und sagt: »Gute Nacht, Herr Müller!« – »Gute Nacht, Herr Schulze!« – »Gute Nacht, Herr Lehmann!« so ist er allen durch die Unterbrechung lästig. Sinn und Zweck hat so etwas nicht. Im Giftgadern hängt an einer Strippe eine Hand herab, die in feinem Glacéleder steckt. Wer kommt, schüttelt diese Hand (soll für alle heißen: »Guten Tag!«), wer geht, schüttelt die Hand (heißt für alle »Auf Wiedersehen!«). Oben an der Strippe ist ein Läutewerk, das bimmelt leise bei Ankunft und Abgang.

Ich stehe nun da und schüttele die künstliche Hand. Der Apotheker neben mir fragt:

»Nun, was ist zuerst gefällig: Mundwasser, Gurgelwasser oder Zahntropfen?«

»Zahntropfen!« sagt mein Begleiter Speer. »Hab's Begräbnis mitmachen müssen, da ist mir nicht lauter um den Magen.«

»Dreimal Zahntropfen!« ruft der Apotheker in die Apotheke hinaus, und es erscheinen drei Gläser Kognak. Hätte er »Gurgelwasser« bestellt, so wäre Bier gekommen, bei »Mundwasser« aber Wein. Der Apotheker hat diese Decknamen eingeführt, weil er seine Reputation wahren muß. Wenn er eine Bestellung aus dem Giftgadern hinausruft in die Apotheke, dann muß das einen pharmazeutischen Anstrich haben, damit die Kunden draußen kein Ärgernis nehmen.

Allerhand Fallen sind im Giftgadern. Wer so kindisch ist, an dem Seile der kleinen Glocke zu ziehen, die an der Wand hängt (und fast jeder Neuling ist so kindisch!) der zahlt eine Auflage, ebenso, wer auf der Laute klimpert, die daliegt (und fast jeder Neuling klimpert). Auch muß der, welcher sich auf einen Hocker setzt, der ein verkapptes Musikinstrument ist und »Trink'n wir noch ein Tröpfchen« spielt, diese hinterlistig erpreßte Aufforderung wahr machen.

Beileibe keine Nebberei! Einen gastfreundlicheren Wirt als den Apotheker gibt es in ganz Europa nicht. So darf zum Beispiel der, der das erste Mal in den Giftgadern kommt, für seine Zeche überhaupt nichts bezahlen. Niemand hat dieses »Recht des ersten freien Tages« mißbraucht, jeder ist wiedergekommen und hat sich »revanchiert«.

Nur einer hat es anders gemacht. Der ist in Abwesenheit des Apothekers in den Giftgadern gekommen, hat einmal, zweimal, dreimal gut gegessen, siebenmal gut getrunken, seine Zigaretten verlangt, hat dann gesagt: »Ich bin das erste Mal hier, also zahle ich nichts, danke bestens! Mahlzeit!« ist gegangen und nie wieder gekommen. Das war ein Berliner. Selbstverständlich war das ein Berliner!

Sechs Wochen lang hat ganz Altenroda auf diesen »Schmierfink« von Berliner geschimpft. In der siebenten Woche kam ein Brief aus Berlin: »Nachdem jetzt wohl genug auf den Berliner geschimpft worden ist, zahlt er seine Schuldigkeit.« Schickt der Mann den Betrag seiner Zeche und ein hochanständiges Trinkgeld dazu für die Bedienung. Ganz Altenroda war betroffen. Ganz Altenroda schämte und ärgerte sich und schimpfte dann aufs Neue auf den Berliner, der eine angebotene Gastfreundschaft bezahlt hatte.

»Das können Sie glauben«, sagte Vater Speer damals zu mir, »Berlin ist eine Stadt von lauter Lauseigeln.« Ich wagte nichts zur Verteidigung der Berliner zu sagen, dazu bin ich Vater Speeren gegenüber zu furchtsam. Und dann hatte ich die ganze Geschichte selbst mit erlebt, hatte selber mit geschimpft und war dann ob des Benehmens des Berliners auch selbst mit »betroffen« gewesen.

Mein herrlicher, nun verewigter Freund Ansorge sagte damals milde:

»Man soll nie schimpfen; denn erstens hat es keinen Zweck, zweitens steht es einem schlecht zu Gesichte, und drittens ärgert man sich hinterher immer darüber, daß man sich geärgert hat.«

Ja, ja, lieber, ehrwürdiger Freund, solltest halt noch leben! Solltest nicht zu den Toten gegangen sein. Solltest jetzt wie einst mit im Giftgadern sitzen. Da würdest du mild auf die Freunde einwirken, die auf den Archivar schimpfen, der aus Berlin gekommen ist und sich ungehörig um die Geschichte der Stadt Altenroda kümmert.

Sie freuen sich doch, die alten Kumpane, daß ich gekommen bin. Sie fragen natürlich nach vielem aus der großen Stadt. An die Großstadt denken sie oft mit einem Schauer wie an ein sündiges Babel und haben bei diesem Schauer immer eine heftige Sehnsucht, hinzufahren. Das ist halt so.

Es werden wirtschaftliche Fragen erörtert. Die Bauern wuchern neuerdings furchtbar, wird mir geklagt. Für ein Pfund Butter haben sie eine Mark und dreißig Pfennige verlangt, für ein Ei nehmen sie, ohne vor Scham in die Erde zu sinken, acht Pfennige. Da kann sich ja auch ein begüterter Mann zum Frühstück nicht mehr seine drei Eier gönnen. Der Hering kostet zwölf Pfennig, Schweinefleisch ohne Knochen schon neunzig! Traurige Zeiten!

Der Zentner Kohle gilt eine Mark und zwanzig Pfennige. Die Bergleute werden immer frecher. Ein achtzehnjähriges Dienstmädel verlangt mir nichts dir nichts fünfzehn Mark pro Monat und jeden zweiten Sonntag frei; die Schullehrer wollen mit eintausendfünfhundert Mark Jahreseinkommen nicht mehr zufrieden sein. Ja, wohin soll denn das noch führen?

»Ach«, sagt der Apotheker, »wir sitzen in einem Schlaraffenlande; wir wissen's bloß nicht!«

»Sie vielleicht«, höhnte der Kaufmann Nerlich, der das größte Kolonialwarengeschäft in der Stadt hat. »Wissen Sie, was ich im vorigen Jahre für Einkommensteuer hab' zahlen müssen? Vierundachtzig Mark! Wo soll man denn das hernehmen?«

»Aus der Kasse!« sagt Vater Speer pomadig.

Nerlich wird wild.

»Ja, Sie haben leicht in die Kasse zu greifen, wo Sie für den Kognak fünfzehn Pfennig und für die Zigarre zehn Pfennig nehmen. Was da bleibt! Und die Portion Mittagessen fünfundsiebzig Pfennig, hehe, feine Sache!«

»Ihnen geb' ich Rabatt«, sagt Vater Speer.

Wenn sich die Stimmung so zuspitzte, schrie der Apotheker allemal in die Apotheke hinaus:

»Zahntropfen!«

Die besänftigten nicht nur die Zähne, sondern auch die Gemüter. Aber nicht lange. Die Bürger von Altenroda lieben es zu streiten, eine Eigentümlichkeit, die man in deutschen Landen des öfteren antreffen kann. Es ging bald wieder los. Nerlich erhitzte sich aufs neue.

»Was das jetzt auch für eine Schlamperei mit der Eisenbahn ist! Gestern wollte ich meine Schwiegermutter abholen. Muß ich doch geschlagene acht Minuten auf dem Bahnhofe warten. Soviel hatte der Zug Verspätung! Ist das nicht unerhört?«

»Na«, sagte der Apotheker, »wenn sich die Schwiegermutter um acht Minuten verspätet hat, dann schreiben Sie doch an die Bahn einen Dankbrief.«

Nerlich trank sein »Gurgelwasser« aus.

»Schwiegermutter hin, Schwiegermutter her. Über solch ernste Sachen soll man nicht spotten. Ordnung muß sein im Lande! Ordnung! Und Recht und Billigkeit! Und das ist nicht mehr in Deutschland.«

Er stand auf, schüttelte die lederne Hand, die an der Decke hing, und verschwand.

Schweigen. Jeder grübelte, ob er nun in einer schlechten oder erträglichen Zeit lebe.

Der Apotheker und Vater Speer fanden das Leben *anno* 1913 »erträglich«.

Der Apotheker sagte zu mir:

»So, was man arme Leute nennt, das mag's bei Ihnen in der Großstadt geben, bei uns nicht. Hungern kennt hier keiner, Frieren auch nicht. Wär noch schöner! Luxus, na ja, das ist nicht, aber was sein muß, ist da! Bei uns kann jeder achtzig Jahre alt werden, wenn's ihm der Herrgott von Geburt aus mit in die Knochen gegeben hat, und wenn er seinen Lebensbrennstoff nicht selbst verliedert hat.«

Er ging zu einer riesigen Tonurne, die eine Ausgrabung war und die Asche eines Menschen enthielt, der vor zweitausend Jahren starb. Neben der Urne stand ein Grammophon. Von diesem ließ der Apotheker das Deutschlandlied spielen.

Eine kleine Welt ist Altenroda. Aber die ganze Welt ist klein; Paris und Berlin sind Nester wie Altenroda. Die größten Spießer sind unter denen, die das Spießertum verachten. Außer der Liebe ist nichts Großes auf der Welt. Es gibt keine großen Reiche, keine große Kunst, keine großen Männer. An solche Dinge glauben nur Knirpsgehirne. Selbst die Sonne ist nur ein Flimmerchen. Über ein paar kleine Differenzen, wie etwa zwischen Goethe und einem Stallknecht, sollte sich niemand aufregen; beide – Goethe und der Stallknecht – sind ganz klein, der eine ein bißchen kleiner als der andere.

Groß allein ist die Liebe, die der Odem Gottes ist. Sie läßt uns das Winzige groß sehen, so daß wir selbst ein Käferlein im Sonnenlichte mit seligem Entzücken zu betrachten vermögen und mit heimlichem Schaudern zusehen, wie ein gewaltiger Sperling ein Würmchen auffrißt, oder – wie ein Reich durch ein anderes zugrunde gerichtet wird.

»Sie spintisieren!« sagt Vater Speer, da wir über den Marktplatz gehen. »Was ist los?«

Ich sage ihm etliches von dem, was ich eben gedacht habe.

Speer schüttelt den Kopf.

»Wegen der paar Zahntropfen braucht man ja nicht gleich auf solche Gedanken zu kommen.«

So sagt er und grüßt gleicherzeit devot nach dem Bürgersteige hinüber, wo der Herr Major daherschreitet, der Kommandeur des hier in Garnison liegenden zweiten Bataillons des x-ten Infanterieregiments, Feldmarschall Graf von Kunsewitz.

»Haben Sie gesehen, wie freundlich der Major gedankt hat?« fragte Vater Speer. Er strahlt. Das Offizier-Kasino ist in seinem »Löwen«. Es bringt zwar bei den Vorzugspreisen, die die Herren Offiziere genießen und bei den Ansprüchen, die sie machen, nicht viel ein. Aber die Ehre, man denke, die Ehre! Der Herr Major hat auf Speers Gruß nicht nur gedankt; er hat direkt mit dem Kopfe genickt. Das tut sonst beim Grüßen kein Offizier. Beim Militär nickt man nicht mit dem Kopfe. Das sah beinahe wie Vertraulichkeit aus. Vater Speer strahlt.

Es sind halt doch große Differenzen zwischen den einzelnen Menschen. Meine Gedanken von vorhin ... Nun, lassen wir es!

Was ist das?

Jemand kommt und sagt: es sei spät in der Nacht; das Schießen auf der Straße habe nun aufgehört; es sei Zeit, schlafen zu gehen; auch wäre der Ofen kalt geworden.

Schießen?

Ich habe nichts gehört.

Und Feuer im Ofen?

Eben hat sich Vater Speer mit einem bunten Schnupftuch den Schweiß von der Stirne gewischt.

Aha – die täuschen sich; die denken, ich sei in Breslau, es sei Winter und Revolte.

Sie täuschen sich. Ich bin in Altenroda; es ist ein friedlicher Sommertag – der 6. Juli 1913 – mein vierzigster Geburtstag.

Vom Musikleben in Altenroda

In friedlicher Zeit, als die Menschen noch nicht so von politischen Ängsten und Leidenschaften zerrüttet waren, hatten sie Muße, das Leben mit Behaglichkeit zu genießen und sich mit allerhand schönem oder vergnüglichem Nebenwerk das Dasein zu erheitern. Allenthalben blühten Liebhaberkünste, insonderheit wurde gern gesungen, und so war es auch in der Stadt Altenroda. In dieser Stadt gab es drei Gesangvereine: einen vornehmen, einen weniger vornehmen und einen gar nicht vornehmen, alles hübsch geordnet nach Stand und Einkommen.

Singen konnten alle drei Vereine nicht; aber sie bildeten sich ein, daß sie es könnten. Ihr Publikum, das zumeist aus Verwandten und Bekannten bestand, klatschte Beifall, wenn sie ein Konzert gaben, und so war alles in schöner Ordnung.

Der Apotheker jener Stadt aber, der ein gewaltiger Bassist war und den »Schwarzen Walfisch zu Askalon« oder den »Grafen von Rüdesheim« so machtvoll vortragen konnte wie kaum ein anderer Mensch, warf sich auf die kritische Seite und störte, wie alle Kritiker, die künstlerische Ruhe und das Behagen der Sängerwelt. In dem vornehmsten Gesangvereine, dem er selbst angehörte, der »Harmonie«, krittelte der Apotheker ständig, war bei den Proben nie zufrieden und wollte immer alles anders »aufgefaßt« und bis zur Endlosigkeit wiederholt wissen. Dadurch machte er sich unbeliebt und wurde bei der Generalversammlung nicht mehr in den Vorstand gewählt, weshalb er aus dem Vereine ausschied und diesen der mächtigsten Grundsäule des Basses beraubte. Aber auch mit dem zweitvornehmsten Vereine, dem »Kirchenchor«, verfeindete sich der Apotheker. Als bei dem zwanzigsten Konzert, das er in diesem Vereine erlebte, abermals »Der Herr ist mein Hirt« und »Hebe deine Augen auf« auf dem Programm standen, gähnte der Apotheker bei einer Pianissimostelle so laut und schmerzlich, daß die ganze Zuhörerschaft in Lachen ausbrach, wodurch die feierliche Liedwirkung sehr beeinträchtigt wurde. Der Dirigent des Kirchenchores war so böse auf den Apotheker, daß er, als er sich bald darauf einen Finger beschädigte, mit der Eisenbahn nach einer Nachbarstadt fuhr, um dort ein Schächtelchen Salbe einzukaufen, da er den Apotheker nichts mehr verdienen lassen wollte.

Ganz und gar verschüttet aber hatte es der Apotheker mit dem dritten Gesangverein, welcher »Frohsinn« hieß. Er hatte öffentlich behauptet, dieser Verein müsse nicht »Frohsinn«, sondern »Verzweiflung« genannt werden; seine Mitglieder gehörten samt und sonders in die Korrektionsanstalt.

Einige Frohsinnsmänner, die über solche Kritik verdrossen waren, brachten darauf dem Apotheker fast allabendlich ein Ständchen, dessen Text nur eine einzige Zeile hatte: »Es war einmal ein Apotheker«, dessen Musik aber die Textworte fugenartig auseinanderzog, zum Beispiel: »A-a-po-po-the-the-ker-ker«. Der Apotheker war rasend über diese »Sauerei«, wie er es nannte, konnte es aber nicht hindern, daß sich immer wieder einige Mitglieder des »Frohsinns« vor seiner Haustür, über der als Firmenbild ein goldener Kranich war, aufstellten und im Liede beteuerten, daß einmal ein »A-a-po-po-the-the-ker-ker« war. Die Fuge über dieses eine Wort war ungefähr eine Viertelstunde lang, worauf die Sänger, wenn sie nach dem endlosen Gestammle das Wort »Apotheker« am Schluß doch glücklich und im Zusammenhange herausgebracht hatten, sich vor dem goldenen Kranich artig verneigten, gleich als hätte der Beifall gespendet, und ihrer Wege gingen.

Solche Dinge können ja einem Biedermanne und Kunstkenner das Leben verbittern ...

Seit einigen Wochen lebte in Altenroda ein junger Mann namens Cyrill Dietrich. Die Leute hielten ihn für überspannt. Schon seine Eltern mußten nicht ganz gescheut gewesen sein, sonst hätten sie ihn doch lieber Max oder Kurt oder auf sonst einen vernünftigen Namen, aber nicht Cyrill getauft. Cyrill war früher Postsekretär gewesen; aber er hatte – wie sich der Apotheker im Bilde ausdrückte – die Marken an die Wand geklebt, war nach Berlin gegangen, hatte dort Musik studiert und schließlich sein Examen glänzend bestanden. Eine Stelle als Kapellmeister hatte Cyrill bis dahin aber nicht gefunden, wenigstens keine, die er anzunehmen geneigt war; denn er hielt viel von sich selbst und schrieb zurzeit an einer Oper, zu der er sich den Text selber dichtete. »Ganz wie die beiden Wagner, Vater und Sohn«, sagte der Apotheker, der einzige, der den jungen Mann ernst nahm, weil er in ihm außer sich selbst den einzigen musikverständigen Menschen von Altenroda erblickte. Cyrill benahm sich sehr hoffärtig. Der Frau Bürgermeister, die ihm angeboten hatte, ihrer siebzehnjährigen Else »fortgeschrittenen Klavierunterricht« zu erteilen, wofür eine Mark und fünfundzwanzig Pfennige die Stunde gezahlt werden sollten, hatte Cyrill einen höhnischen Absagebrief geschrieben. Darauf hatte die Frau Fabrikbesitzer Strümpel, die mit der Bürgermeisterin verfeindet war, Herrn Cyrill Dietrich sechs Mark für die Stunde angeboten, wenn er ihre Tochter Thea unterrichten wollte. Cyrill antwortete, wenn er kein Geld mehr haben werde, wolle er sich bei Herrn Strümpel um eine Stelle als Fabrikarbeiter bemühen, keinesfalls aber dem Fräulein Thea Klavierunterricht geben.

Darauf sagten die Leute in Altenroda, Cyrill sei ein Grobian. Nur der Apotheker lobte ihn und nannte ihn einen Charakter.

Jedenfalls hatte sich Cyrill, was seine musikalischen Fähigkeiten und Kenntnisse anlangte, in Respekt gesetzt. Als die »Harmonie« ihr nächstes Konzert gab, räusperte sich ihr Dirigent verlegen, als er Herrn Cyrill im Saale auftauchen sah, und alle Vereinsmitglieder sagten sich im stillen: Heute heißt es aber sich zusammennehmen und das Beste bieten.

Cyrill hörte sich nur die erste Nummer des Konzerts an, dann verließ er behutsam und mit betroffenem Gesichte den Saal.

»Der hat genug!« sagte der Apotheker ziemlich laut, was ein Kichern, aber auch ein verärgertes »Pst! Pst!« zur Folge hatte. Die Sänger auf dem Podium machten erboste Gesichter und es war, als läge ihnen gar nichts mehr daran, weiterzusingen.

Am nächsten Tage suchte der Apotheker Herrn Cyrill auf. »Sie haben gestern das Konzert der ›Harmonie‹ ostentativ verlassen. Das war nicht mehr als recht und billig.«

»Ich wollte die Leute nicht kränken«, erwiderte Cyrill sanft; »ich hielt es nur nicht länger aus.«

»Kann ich mir denken, mir denken! Die Leute haben keine Ahnung vom Singen.«

»Nein«, sagte Cyrill noch sanfter.

»Keine Ahnung von Tonbildung oder richtiger Atmung oder Dynamik. So zum Beispiel singen sie:

›Stüll ruht da Söö,
Die Veeglein schlafähn,
Ein Flistarn nua, du merkst es kahum.‹

Und bei ›Flistarn‹ brüllen sie wie die Stiere. Dabei soll man das Flüstern kaum merken. Ich danke!«

Cyrill lächelte nur schmerzlich.

»Herr Cyrill Dietrich«, nahm nun der Apotheker einen großen Anlauf, »ich bin gekommen, Ihnen einen Vorschlag zu machen, beziehungsweise Ihnen eine Bitte zu unterbreiten. Es ist eine Schande, daß das Musikleben Altenrodas so trostlos daniederliegt. Altenroda ist doch immerhin eine ansehnliche Stadt: Landratsamt, Gymnasium, Fabriktätigkeit, neuerdings sogar Garnison. Also da muß etwas geschehen. Ich hatte mir nun die Sache so gedacht, daß die vier besten Stimmen hier am Ort zu einem Quartett zusammentreten würden: Sopran, Alt, Tenor und Baß, daß Sie, Herr Kapellmeister, die Direktion und vor allen Dingen die Ausbildung des Quartetts übernehmen. Dann würde den Banausen hier endlich einmal klar werden, was singen heißt.« Der Apotheker machte eine Pause und wartete auf eine Antwort. Er wartete vergebens. Cyrill sah ihn nur düster an. So würde Beethoven ausgesehen haben, wenn man ihm zugemutet hätte, auf einem Jahrmarkte Musik zu machen. Nach einer Weile aber öffnete Cyrill doch die Lippen und sagte mit müder, schleppender Stimme: »Herr Apotheker, ich werde Ihnen eine kleine Geschichte erzählen. Es war einmal ein Kanarienvogel, dem ging es ganz gut in seinem Bauer; denn er war in der Gefangenschaft geboren. Dann aber kam er in eine Stadtwohnung, wo in dem Zimmer über ihm Gesangunterricht erteilt wurde. Nach drei Wochen war der Kanari tot. Er war nämlich leider musikalisch gewesen. Verstehen Sie, er war musikalisch gewesen, der arme Kanari! Es ist ein Unglück, musikalisch zu sein, Herr Apotheker; man leidet schrecklich darunter!«

Solch abgrundtiefer Hochmut ging nun dem Apotheker doch über die Hutschnur; er erhob sich also von seinem Stuhle und sagte:

»Nun, Herr Kapellmeister, da scheine ich ja mit meinen Bestrebungen bei Ihnen kein Glück zu haben. Ich möchte nur das eine wissen, ob Sie nicht auch mal Unterricht haben mußten, oder ob Sie schon als Meister vom Himmel gefallen sind.«

Cyrill sah ihn ganz verdutzt an und brachte nur zwei Worte heraus: »Ja – ich!«

»Ja – Sie – Sie!« grollte der Apotheker. »Woher wissen Sie denn, ob die vier, von denen ich sprach, nicht ebenso musikalisch sind wie Sie und Ihr verstorbener Kanarienvogel?«

Cyrill staunte über den Apotheker. Dann ging ein Lächeln über seine Züge, als dächte er bei sich: was für seltsamen Aberglauben gibt es doch in der Welt. In Altenroda soll es Leute geben, die so musikalisch sind wie ich. Dieser Gedanke erheiterte Cyrills Gemüt so, daß er fragte:

»Ich möchte wohl wissen, wer diese großen Talente sind.«

Der Apotheker kam ein wenig in Verlegenheit.

»Nun, nun«, sagte er, »ich will ja nicht zuviel behaupten; aber was das Stimmaterial anlangt, so ist schon alles da, was notwendig ist. Da ist zunächst die Tochter von unserem Kirchendirigenten. Hat einen prachtvollen Sopran – lerchenklar! Technik hat sie keine. Sie kann nicht piano ansetzen und hat keine Zwerchfellatmung. Atmet einfach durch die Lungen. Das ganze Korsett wackelt, wenn sie singt.«

»Sie wissen etwas von Zwerchfellatmung?« fragte Cyrill mit einigem Respekt.

»Ach, ich weiß wohl dies und das«, fuhr der Apotheker fort. »Also Fräulein Liesel Tilgner wäre der Sopran. Ihr Vater kann mich nicht ausstehen und ich ihn nicht. Aber die Kunst steht über allem Persönlichen. Dann käme der Tenor. Er ist von Beruf nur Dachdeckergehilfe. Aber war nicht der große Wachtel früher Droschenkutscher? Und Slezak, wenn ich nicht irre, Schlossergesell? Unser Tenor heißt August Stumpe (der wird sich ja wohl ein Pseudonym beilegen müssen; denn ›Stumpe‹ klingt nicht). Stumpe hat eine strahlende Höhe. Das H mühelos und crescendofähig. Mittellage etwas rauh. Schade, daß er ein windiger Hund ist.«

»Tenöre sind immer windige Hunde; das gehört dazu«, sagte Cyrill, den die Sache zu interessieren begann.

»Ja, deswegen braucht einer aber noch nicht dem Verein ›Frohsinn‹ anzugehören und vor meinem ehrsamen Hause Schweinereien zu singen. Aber, wie gesagt, die Kunst steht über dem Persönlichen.«

Damit schloß der Apotheker plötzlich seine Rede. Cyrillen interessierte nun die Sache wirklich. Durch sein Hirn war der Gedanke geblitzt: Wie wäre es, wenn ich hier ein Talent entdeckte, ihm die erste Ausbildung gäbe und dann einem Direktor damit unter die Nase führe? Mein Weg als Kapellmeister wäre gemacht.

»Wer sind nun die beiden letzten, der Alt und der Baß?« erkundigte er sich.

Abermals kam der Apotheker in Verlegenheit.

»Ich spreche nicht gern von mir selbst und meiner Familie, es sieht leicht nach Dünkel und Selbstlob aus. Und ich kann es in den Tod nicht ausstehen, wenn jemand eingebildet ist. Echte Talente sind bescheiden.«

Cyrill schüttelte den Kopf.

»Nein, nein, nur die Lumpe sind bescheiden. Das wußte schon Goethe! Wer was kann, weiß das auch.«

»Also«, atmete der Apotheker schwer auf, »der Alt wäre meine Tochter Sabine, und der Baß wäre ich.«

In Cyrills Miene trat eine gewisse Säure. Zwei Talente in einer Familie schienen ihm von vornherein verdächtig. Aber da ihn, wie schon wiederholt gesagt wurde, die Sache interessierte, forderte er den Apotheker auf, ihm doch etwas vorzusingen, und wies mit einer Handbewegung nach einem alten gelben Piano, das der Tante Cyrills gehörte, bei welcher der junge Künstler wohnte.

Der Apotheker wurde bei der Aufforderung, zu singen, rot wie eine Pfirsichblüte. Aber er erhob sich mutig und sagte:

»Wie ich schon auseinandersetzte, Herr Kapellmeister, an Technik fehlt's. Man weiß, wie es sein soll, aber man kann's nicht!«

»Das ist so wie bei den Kritikern«, warf Cyrill ein. »Richtig!« stimmte der Apotheker bei, der ein unsinniges Herzklopfen verspürte. Kurz erwog er, ob er den »Schwarzen Walfisch«, den »Grafen von Rüdesheim« oder »Es liegt eine Krone im tiefen Rhein« vortragen solle. Er entschloß sich für das letzte, hochberühmte Lied, da in diesem seine Gefühlswärme und sein schönes Tremolo am besten zur Geltung kamen. Als er aber am Klavier saß, wurde das Herzklopfen noch ärger, und er spürte ein Würgen in der Kehle, das für ein schönes Tremolo keine guten Aussichten bot. Es hätte leicht ein Meckern daraus werden können.

Also präludierte der Apotheker auf dem Klavier ein wenig hin und her und her und hin, erhob sich dann plötzlich und sagte:

»Entschuldigen Sie, Herr Kapellmeister, aber ich kann hier nicht singen, das Klavier ist zu verstimmt.«

Nun wurde Cyrill rot – nicht wie eine Pfirsichblüte, sondern wie reiner Zinnober.

»Verstimmt?« lachte er etwas albern. »Verstimmt sagen Sie? Natürlich verstimmt! Greulich! Ich aber – ich wußte das gar nicht. Die alte

Kommode gehört meiner Tante. Ich spiele natürlich nie darauf. Nie! Ich habe hier kein anderes Instrument als die Orgel meiner Seele.«

Mit der letzten edlen Phrase hatte Cyrill seine Haltung wiedergewonnen. Der Apotheker kehrte langsam nach seinem Stuhle zurück. Er war ein praktischer Mann, ein Menschenkenner, und so dachte er sich: Aha, der arme Kerl hat das Geld für den Klavierstimmer sparen wollen und die Sache selbst versucht – und da ist eben ein solches Resultat herausgekommen. Er war boshaft genug, anzufangen vom Klavierstimmen zu reden.

Cyrill lehnte sich stolz zurück.

»Wissen Sie, was das erste Erfordernis für einen sogenannten berufsmäßigen Klavierstimmer ist? Er darf kein musikalisches Gehör haben; sonst taugt er nichts.«

»Nanu!« warf der Apotheker ein.

»Ja«, sagte Cyrill wieder in seinem hochmütigen Tonfall; »ich kann das nicht so kurz erläutern. Dazu gehört die ganze Vorkenntnis vom wohltemperierten Klavier.«

»Kenne ich!« sagte der Apotheker freudig. »Ein ganzer Ton hat neun Grade, *cis* steht fünf Grade über *c*, *des* nur vier Grade. *Cis* ist höher als *des*. Zwischen dem vierten und fünften Grad gehen diese beiden sozusagen Stiefzwillingsschwestern aneinander vorbei. Auf dem Klavier aber müssen *cis* und *des* gleich sein. Beide werden mit der gleichen schwarzen Taste getippt. Das ist ein Gehör-Kompromiß.«

»Das ist kein Kompromiß«, sagte Cyrill feierlich, »das ist Sudelei. Für musikalische Menschen eine Qual. Klavier ist Roheit!«

»Dann ist die Orgel auch Roheit!« warf der Apotheker ein; »dann ist jedes Instrument Roheit, das festliegende Töne hat und Kompromiß zwischen *cis* und *des* eingehen muß. Dann bestehen nur Streichinstrumente und menschliche Stimme, die diese Unterschiede machen können.«

Cyrill bekam Respekt vor seinem Gegenüber. Dem Apotheker aber schwoll der Kamm.

»Halten Sie Paderewski für einen Künstler?«

»Ja, natürlich!« antwortete Cyrill.

»Paderewski hat mal bei uns ein Konzert gegeben. Seine königliche Kunstmajestät verirren sich auch manchmal in eine kleinere Stadt. Also unsere ›Harmonie‹-Banausen hatten zwar den Mut gehabt, Paderewski ein Heidenhonorar zu garantieren, aber nicht das Geschick, für ihn einen anständigen Flügel zu besorgen. Paderewski kommt an – es war ein kalter Wintertag – badet seine Hände eine Viertelstunde lang in warmem Wasser, probiert dann den Konzertflügel und macht ein Gesicht wie ein Löwe, der Krautsalat fressen soll. Kurz und gut, ich hatte damals gerade meinen neuen Blüthner; Paderewski kommt zu mir, ist zufrieden; ich stelle natürlich den Flügel zur Verfügung, und alles wurde ausgezeichnet. Damals hat sich Paderewski auch von meiner Sabine ein Liedchen vorsingen lassen und sie gelobt.«

Cyrill erkannte, daß er besiegt sei. Mit persönlichen Bekannten von Paderewski sich zu entzweien, wäre Wahnsinn.

So bat Cyrill den Apotheker, ihm morgen seinen Gegenbesuch machen und den Paderewski-Flügel probieren zu dürfen. Es könnte dann gleich das Weitere wegen des neuzubildenden Quartetts besprochen werden.

Hochbefriedigt ging der Apotheker nach Hause. Der goldene Kranich über seiner Tür blitzte stolz im Sonnenschein.

Der Apotheker verbrachte eine unruhige Nacht. Es war durchaus nicht leicht, Fräulein Liesel Tilgner und Herrn August Stumpe, die beide feindlichen Vereinen angehörten, für ein Quartett zu gewinnen. Zum ersten Male im Leben wurde der Apotheker, der sonst von grobkörniger Ehrlichkeit war, zum Heuchler. Er schrieb zwei verlogene Briefe, in denen er den Adressaten unmäßiges Lob spendete, insonderheit auch sagte, daß sie in ihren »geschätzten Vereinen« ja schon eine gute Gesangsvorbildung genossen hätten und nun unter der Leitung des Herrn Cyrill Dietrich, eines der gefeiertsten und genialsten Dirigenten Deutschlands, in einem erlesenen Quartett zur letzten Kunstreife geführt werden sollten. Man wollte sie ihren beliebten und geschätzten Vereinen natürlich durchaus nicht abtrünnig machen, im Gegenteil würden diese gewiß eine Förderung erfahren, wenn sie durch ein Mitglied mit dem in Musikkreisen äußerst einflußreichen Herrn Cyrill Dietrich in Verbindung kämen. In aufrichtiger vorzüglicher Hochachtung usw.

Um neun Uhr früh wurde der Laufbursche Fritz beauftragt, die beiden Briefe zu ihren Empfängern zu tragen. Nach einer Stunde schon war er zurück, was für den Laufburschen eine anständige Leistung war, da der Weg, den er zurückzulegen hatte, immerhin unter einer Viertelstunde nicht zu machen war.

Fritz berichtete, bei Fräulein Tilgner hätte er den Brief einfach abgegeben, aber mit dem Dachdecker sei es eine schwere Not gewesen. Der hätte gerade auf einem hohen Dache geklebt. Da hätte er hinaufgebrüllt, er solle doch mal runter kommen, der Herr Apotheker schicke ihm einen Brief.

»Was hat er gesagt?« fragte der Apotheker begierig.

»Ach, gesagt hat er gar nichts«, erwiderte Fritz. »Er hat bloß zu singen angefangen: Es war einmal ein A-a-po-po ...«

Fritz bekam eine Ohrfeige.

»Was hast du mit dem Briefe gemacht?« fauchte der Apotheker.

»Ich bin«, heulte Fritz, »ich bin die Leiter hinaufgestiegen und hab' den Brief in die Dachrinne gelegt.«

Da bekam er eine zweite Ohrfeige.

»Schuft! In die Dachrinne? Und jetzt regnet's! Schreibe ich dafür Briefe?«

Fritz machte, daß er hinauskam. Der Apotheker tobte im Zimmer auf und ab. Nach einer Viertelstunde wurde die Tür aufgerissen, Fräulein Liesel Tilgner stürmte herein und fiel dem Apotheker jubelnd um den Hals.

»Ich freu' mich – ich freu' mich – ich freu' mich ...«

»Also Sie machen mit?« fragte der Apotheker befriedigt. »Was sagt denn der Herr Papa?«

»Ach der! Der hat es mir aufs strengste verboten. Also, wann gehen die Übungen an? Ich kann es kaum erwarten. In unserem Kirchenchor ist das ein greuliches Gequieke.«

»Allerdings!« sagte der Apotheker, indem er auf den Brief vergaß, den er erst vor einer Stunde abgeschickt hatte.

Am Nachmittag kam Cyrill. Er vergaß, den Hut abzunehmen, guckte sich nur geistesabwesend im Zimmer um, sah den Blüthnerflügel, ging mit zitternden, ausgestreckten Armen auf das schöne Instrument los und spielte in seliger Selbstvergessenheit drei Stunden lang, ohne auch nur eine Pause zu machen und den Apotheker zu Worte kommen zu lassen. In der dritten Stunde wurde es dem langweilig, und er ging in den Giftgadern, um einen Schnaps zu trinken. An der Tür traf er seine Tochter Sabine. Diese sagte:

»Das ist ja ein greulicher Kerl. Paß auf, der zerhaut uns noch den Flügel.«

»Schweig!« sagte der Apotheker. »Musiker sind so!« »Kopfschmerzen hab' ich schon«, schmollte Sabine. »Wenn der es jedesmal so macht, kann's ein schönes Quartett werden.«

»Schweig!« sagte der Vater abermals und trank einen zweiten Schnaps. Dann ging er seufzend nach dem Musikzimmer zurück.

Nach drei Stunden brach Cyrill das Spiel jäh ab. »Haben Sie Notenpapier?« fuhr er den Apotheker an. Nein, Notenpapier war nicht im Hause. Da suchte Cyrill verstört nach seinem Hute, fand ihn aber nicht, weil er ihn immer noch auf dem Kopfe hatte, und rannte davon. Der Apotheker sah ihm blöde nach. Vom Quartett war nicht die Rede gewesen ...

Am Abend dieses Tages kamen verdächtige Gestalten die Friedrichstraße herab, steuerten über den Marktplatz und stellten sich vor der Apotheke zum »Goldenen Kranich« auf: August Stumpe, der Tenorist, mit noch acht Mann aus dem Verein »Frohsinn«. Dem Apotheker, der sie kommen sah, lief es eiskalt über den Rücken. Jetzt kam wieder jener elende Schandgesang – und dann war es mit der Hoffnung, den stimmbegabten Dachdecker für das Quartett einzusaugen, vorbei. Das war also die hohnvolle Absage auf seine liebenswürdige Einladung. Bleich vor Ärger zog sich der Apotheker tief ins Zimmer zurück, um wenigstens am Fenster nicht gesehen zu werden. Doch, wie sollte er alsbald erstaunen!

»Stüll ruht da Söö,
Die Veeglein schlafähn ...«

Mit schmetternden Stimmen und großer Begeisterung wurde das Lied gesungen. Und als die Sänger in der letzten Strophe in Donnertönen beteuert hatten, daß »auch du, auch du wirst schlafen gehn«, gingen sie noch lange nicht schlafen, sondern sangen: »Wenn ich den Wandra frage ...« und dann: »Ich kenn' ein'n hellen Edelstein ...«

Man brachte dem Apotheker ein ernstgemeintes Ständchen. Das sah er beim dritten Liede ein, freute sich unbändig über das treue deutsche Herz, das sich da draußen vor seiner Haustür offenbarte, trat ans Fenster, öffnete es und klatschte stürmischen Beifall, als die Sänger geendet hatten. Aus jedem Fenster des Marktplatzes hing ein Menschenkopf heraus. Manche Leute klatschten, manche kicherten leise und hofften, daß doch noch die Apothekerhymne kommen würde. Aber sie kam nicht, sondern im Gegenteil:

»Unsa Kaisa liebt die Blumen,
Denn er hat ein samft Gemiet ...«

Ein paar Hunde eilten herbei und sangen mit. Sie heulten zum Steinerweichen. Darüber faßte einen Bassisten der Zorn. Er ging hin, hieb den Bestien sein Liederbuch um die Ohren und vertrieb sie.

Nach dem schönen Waldmannschen Kornblumenliede trat ein Sänger an das Fenster heran und hielt folgende Ansprache:

»Geehrter, geschätzter Herr Apotheker! Indem wir ja eigentlich bis jetzt einige bedauerliche Differenzen hatten, sind wir gekommen, um Sie mit einem kleinen Ständchen zu beehren; denn wir haben uns gefreut, daß Sie in einem Briefe an unsern Freund und Ehrenmitglied, Herrn Stumpe, unserem geschätzten Vereine Ihre Ehrfurcht ausgesprochen haben. Wir werden unseren Freund und Ehrenmitglied, Herrn Stumpe, für Ihr Quartett gern zur Verfügung stellen und in Ihren Konzerten vollzählig erscheinen. Der Herr Apotheker lebe hoch – hoch – hoch!«

Die neun Männer brüllten, aus manchem Fenster wurde auch mitgebrüllt, und die Hunde, die sich in eine Seitengasse zurückgezogen hatten, bellten und heulten. Es war sehr eindrucksvoll.

Der Herr Apotheker erwiderte, daß er sich über das reizende Ständchen außerordentlich gefreut habe, und lud die Herren zu einem Gläschen Wein ins Haus. Die tranken nun im Giftgadern so reichlich, wie es der Gastfreundschaft des Wirtes und ihrem eigenen Appetite entsprach.

Der Laufbursche Fritz aber erlebte an diesem Abend noch ein schmerzliches Abenteuer. Der Apotheker hatte ihn als Eilboten zu Herrn Cyrill geschickt mit der Siegesnachricht: »Unser Quartett ist komplett!« Fritz kam ganz entgeistert zurück. Er sagte, Herr Cyrill hätte ihn erwürgen wollen, weil er ihn beim Komponieren gestört habe.

Am nächsten Abend sollte die Tätigkeit des neuen Quartetts durch den ersten Übungsabend eröffnet werden. Cyrill kam eine halbe Stunde zu spät, grüßte kurz und setzte sich sofort an den Blüthner-

Flügel, allwo er mächtig zu präludieren anfing. Der Apotheker saß in Angst und Sorge da, weil er der drei Stunden von gestern gedachte. Er machte einige Versuche, an Herrn Cyrill heranzukommen, der wies ihn aber mit drohender Miene ab und versank immer tiefer in ein Meer von Akkorden, Passagen, Trillern, Stakkaten, Arpeggien und kontrapunktischen Wogengängen.

Nachdem Cyrill so dreiviertel Stunden lang gespielt hatte, nahm der Dachdecker seinen Hut, sagte dem Apotheker ins Ohr: »Ich habe keine Zeit mehr!« und drückte sich zur Tür hinaus. Der Apotheker versuchte vergebens, den Sänger am Jackenärmel zurückzuhalten. August Stumpe hatte »keine Zeit mehr«. Er ging Skat spielen. Der Apotheker war bleich vor Ärger.

»Unser Tenor ist fortgegangen!« sagte er laut.

Cyrill machte eine Pause.

»Wer ist fortgegangen?«

»Unser Tenor! Die Übung sollte um acht Uhr beginnen. Jetzt ist es halb zehn. Herr Stumpe ist ein fleißiger Handwerker, er muß sich seine Zeit genau einteilen; er hatte keine Zeit mehr zu warten.«

»So, so«, sagte Cyrill; »nun, wenn er keine Zeit hat, soll er doch ruhig gehen.«

Und er begann wieder zu spielen. Da brach jemand in ein schallendes Gelächter aus. Cyrill fuhr herum. Wer wagte es, in seiner Gegenwart so unverschämt zu lachen? Ach, er sah in ein blühendes, wonniges Mädchengesicht; er sah den Frühling, die Poesie, die Schönheit in Menschengestalt vor sich; er sah eine strahlende junge Göttin. Seine Blicke verfingen sich, seine Gedanken verwirrten sich, sein Herz stockte. Bleich saß er auf seinem Klaviersessel. Wieder einmal war aus heiterem Himmel jener Blitz gefallen, den die Menschen »Liebe auf den ersten Blick« nennen.

Endlich ermannte sich Cyrill. Er erhob sich und machte eine ganz demütige Verneigung.

»Ich habe leider bisher unterlassen, mich vorzustellen, meine Damen. Cyrill Dietrich! Ich bitte vielmals um Verzeihung. Wenn ich an die Musik komme, geschieht es mir wohl, daß ich Raum und Zeit vergesse. Ich durfte aber unmöglich Ihre Gegenwart vergessen. Ich bitte um Entschuldigung.«

Der Apotheker stellte die beiden Damen vor; die größere, etwas massige, war Liesel Tilgner, die kleine, zierliche, braune war Apothekers Sabinchen – die junge Göttin.

»Schade, daß der Tenor fort ist«, sagte der Apotheker; »wir könnten sonst jetzt anfangen.«

»Wo ist er hin?« fragte Cyrill selbstvergessen. »Ist er dachdecken gegangen?«

Wieder lachte Sabinchen silbrig auf.

»O, Gott! Dachdecken in so finstrer Nacht!«

Der Apotheker sagte, er würde den Ausreißer schon finden und herbeischaffen. Und nun wurde Fritz, der Laufbursche, abermals ausgesandt, und zwar nach dem »Bleiernen Hecht« mit der Botschaft, Herr Stumpe möge kommen; es habe jetzt angefangen.

Nach einer Stunde kam Fritz mit einem kleinen Rausch, aber nicht mit dem Tenor zurück. Der Dachdecker und seine Spielkumpane hatten ihm Schnaps zu trinken gegeben und ließen sagen, zum Singen sei es heute zu spät.

Fritzen wurde für den nächsten Morgen eine Tracht Prügel in Aussicht gestellt, und er ging mit dem bekümmerten Gedanken schlafen, daß es ein hartes Ding um den Dienst der Kunst sei.

Im Musikzimmer hatte sich Cyrill inzwischen zur »Prüfung der Stimmen« von dem Apotheker und Liesel Tilgner je ein Lied, von Sabinchen aber vier Lieder vorsingen lassen.

Nach dem vierten Liede sagte Sabinchen:

»Bei mir dauert es wohl am längsten, ehe Sie ein wenig Talent entdecken?«

Cyrill sah sie schmerzlich an.

»Mein gnädiges Fräulein, ich werde kein größeres Glück kennen, als Ihre goldige Stimme ausbilden zu dürfen. Es wird eine schöne Sache werden um unser Quartett. Wenn es den Herrschaften recht ist, beginnen wir morgen mit dem Unterricht pünktlich um acht Uhr.«

Der Apotheker staunte, daß Cyrill jetzt bereits eine ganze Reihe vernünftiger Sätze gesagt hatte, und freute sich.

»Die größte Überraschung werden Sie an August Stumpe erleben«, sagte der Apotheker. »Er ist zwar ein windiger Hund, aber an Stimmmaterial ist er uns allen über.«

Am nächsten Abend trat Cyrill Schlag acht Uhr in das Musikzimmer. Er fand das Quartett vollzählig versammelt vor und ließ sich zunächst Herrn August Stumpe vorstellen und prüfte dessen Stimme. Stumpe wählte sich: »Wohlauf noch getrunken den funkelnden Wein.« Als er geendet hatte, sagte Cyrill:

»Sie singen nicht – Sie brüllen! Aber Sie brüllen schön! Sie brüllen ganz wunderbar!«

Dann begann der Unterricht.

»Zunächst«, sagte Cyrill, »müssen Sie stehen lernen.«

Die Mädchen kicherten.

»Ja, meine Damen«, fuhr Cyrill ernst fort, »stehen lernen! Sehen Sie mal, wie Herr Stumpe dasteht, wie er den Bauch vorstreckt.«

»Ich habe gar keinen Bauch; also kann ich ihn wohl auch nicht vorstrecken«, knurrte der Dachdecker mißmutig.

»Bitte keinen Widerspruch. Sie haben, wie alle *homines sapientes,* einen Bauch und strecken ihn vor. Außerdem stehen Sie da wie ein Rekrut in Grundstellung und präsentieren ihr Notenblatt wie ein Gewehr. Das wirkt häßlich und lächerlich. Stellen Sie abwechselnd mal den rechten und den linken Fuß etwas vor, haben Sie federnde Leichtigkeit in Füßen und Knieen, halten Sie die Arme anmutig und pressen Sie vor allen Dingen Ihren Adamsapfel nicht zu weit heraus. Auch lassen Sie sich die Haare gut schneiden, den Schnurrbart um drei Viertel verkürzen und putzen Sie alle Tage dreimal Ihre Zähne, früh, nach dem Mittagessen und vor allen Dingen vor dem Schlafengehen.«

Der Dachdecker sah sich nach seinem Hute um und wollte auf und davon. Doch der Apotheker faßte ihn am Arme und sagte:

»Hier muß alles deutlich und ohne Rückhalt zur Sprache kommen. Außerdem sind wir unter uns, und Lehrzeit ist keine Herrenzeit. Ich bitte, Herr Kapellmeister, mir immer die blanke Wahrheit zu sagen, alle meine Fehler rücksichtslos zu rügen.«

Dieser Aufforderung kam Cyrill augenblicklich nach.

»Sie, Herr Apotheker«, sagte er, »sind viel zu dick. Auf der Bühne wären Sie höchstens als Falstaff zu gebrauchen; für das Podium sind Sie unmöglich. Trachten Sie danach, sechzig Pfund abzunehmen.«

»Aber erlauben Sie«, unterbrach ihn der Apotheker denn doch verärgert. »Ich glaubte immer, Bassisten dürften ein gewisses Embonpoint haben.«

»Embonpoint wohl«, erwiderte Cyrill, »aber keinen Speckbauch. Ein Sänger hat ästhetisch zu wirken, und Speckbäuche sind unästhetisch.«

Der Dachdecker freute sich über das, was dem Apotheker widerfuhr, sah ein, daß der Kapellmeister unter den verschiedenen Gesellschaftsschichten, was seine Grobheit anlangte, keinen Unterschied machte, und beschloß, sich in Zukunft durch Kritik nicht mehr beleidigt zu fühlen.

Mit den Damen verfuhr Cyrill viel höflicher. Er empfahl ihnen, vor dem Spiegel ihre angeborene natürliche Anmut bis zur größten Wirkung zu steigern und sich möglichst immer individuell zu kleiden und zu frisieren, jedenfalls dabei aber auch dem Zeitgeschmack durch eifriges Studium der apartesten Modezeitschriften Rechnung zu tragen.

»Und nun, bitte, setzen Sie sich!«

Cyrill musterte die vier vor ihm Sitzenden und sagte: »Es kommt vor, daß man auf dem Podium auch mal sitzen muß, z.B. wenn man die Einzelnummer eines anderen abzuwarten hat. Wenn Sie, Herr Stumpe, dann mit so weit vorgestrecktem Gebein dasäßen wie eben jetzt, würden die Konzertbesucher der ersten Reihe befürchten, Sie wollten ihnen ins Gesicht treten.«

Der Dachdecker zog erschrocken seine Pedale ein und sah sich wieder nach seinem Hute um.

»Sie werden zunächst sprechen lernen«, fuhr Cyrill fort (ohne daß jemand lachte). »Erst muß man sprechen können, dann erst kann man singen lernen. Von hundert Sängern, die in Deutschland singen, kann nicht ein halber richtig sprechen. Ist es Ihnen schon aufgefallen, daß ein guter Schauspieler, der etwa bei einer Sterbeszene auf der Bühne im leisesten Flüstertone spricht oder singt, im vierten Stock oben auf der Galerie richtig verstanden wird, während einen sogenannten Volkssänger, der keine Ahnung vom Sprechen hat, oft die Nahesitzenden schon nicht verstehen, auch wenn er brüllt, daß ihm beinahe die Lungen platzen? Das macht die vorhandene oder fehlende Sprechtechnik. Wir fangen natürlich ganz von vorne an, mit der lautreinen Aussprache der Vokale: a, e, i, o, u. Herr Apotheker, sagen Sie ›a‹!«

Der Apotheker sagte »a«.

»Sagen Sie wiederholt ›a‹ hintereinander.«

Der Apotheker wurde rot, und auch der Dachdecker dachte sofort an die Apothekerhymne, die er ja so oft mitgesungen hatte.

»A-a-a-a-a«, sagte der Apotheker mit Todesverachtung.

»Nun sagen Sie wiederholt ›a‹, Herr Stumpe!«

Stumpe sagte: »A-a« und mußte sehr an sich halten, daß er nicht, wie gewohnt: »popo – thethe – kerker« dazusetzte.

»Nun, meine Herrschaften«, griff Cyrill wieder ein, »haben Sie ein ›a‹ gehört? Nicht ein richtiges ›a‹!« Der Herr Apotheker sagt ein Gemisch von ›a‹ und ›o‹, weil er die Zunge zu hoch wölbt, Herr Stumpe sagt ›ä‹, weil er den Mund zu breit macht und zu wenig öffnet. Bei beiden kommen die Vokale gequetscht aus der Kehle. O, diese Kehltöne – dieses Gutturale! Wenn es möglich wäre, müßte man allen Gesangsschülern die Gurgel abschneiden, damit sie das Kehlsprechen verlieren, das der Tod allen Sprechens und Singens ist. Vorn an den Zähnen wird der Ton gebildet, nicht hinten, da, wo die Mandeln rötlich blühen.«

Die vier Gesangsschüler sahen beschämt und betroffen vor sich nieder, während Cyrill mit dem Fünfzackenkamm der rechten Hand seine Haarmähne durchharkte.

»Bitte, Fräulein Tilgner, sagen Sie ›a‹!«

Liesel Tilgner war ganz verängstigt und sagte:

»Ich kann es nicht!«

»Sehen Sie«, triumphierte Cyrill, »bisher haben Sie geglaubt, Sie seien eine Sängerin und könnten Gott weiß was für schwere Lieder singen, und nu können Sie nicht einmal ›a‹ sagen. Aber die Erkenntnis seiner Unzulänglichkeit ist der Kreuzpunkt, von da aus die Straße nach oben führt.«

Nach dieser Sokratischen Sentenz machte Cyrill eine Pause, damit alle Anwesenden über sein Wort nachdenken könnten. Dann wiederholte er:

»Und nun, Fräulein Tilgner, sagen Sie ›a‹.«

Liesel Tilgner sagte ›a‹.

»Es ist ›ä‹«, urteilte Cyrill düster; »›ä‹ wie bei Herrn Stumpe. – Darf ich nun Sie bitten, Fräulein Sabine?«

Sabinchen lachte erst etwas geniert, dann sagte sie klar und deutlich ›a‹!

Cyrill klatschte in die Hände.

»Herrlich! Kristallklar! Direkt echt! Bühnenecht! O, bitte, Sie müssen in diesem Falle unser Vorbild sein. Vielen Dank, Fräulein Sabine! Und nun kommt das Experiment. Fräulein Sabine! Sie müssen also sozusagen unser Anschauungsmaterial sein. Bitte, stellen Sie sich dicht an den Kronleuchter. Und Sie, Herr Apotheker, kommen Sie her und schauen Sie Ihrem Fräulein Tochter in den Mund hinein, wenn sie ›a‹ sagt. Es kommt ganz auf die Lage der Zunge an und wie der Atem darüber hinweggeht, erst in zweiter Linie auf die Öffnung der Lippen. Geben Sie genau acht. Wer nicht ›a‹ sagen lernt, dem bleibt das ganze Alphabet der Gesangskunst verschlossen.«

Der Apotheker nahm vor seinem Töchterlein Aufstellung, guckte ihr dicht mit seinem Brillengläsern auf den Mund und sagte:

»Sprich ›a‹.«

Das Mädel lachte zuerst, dann sagte sie ›a‹.

Der Apotheker guckte und guckte, dann wandte er sich um und sagte:

»Ich seh nichts! Rein nichts! Wissen Sie, Herr Kapellmeister, wenn man mit so dickem Kopf vor so kleinem Schnabel steht, dann ist man sich selbst im Lichte. Der Kronleuchter nutzt dann gar nichts; es bleibt finster in der Höhle.«

»Das ist richtig!« sagte Cyrill und dachte nach.

»Machen Sie's doch!« sagte der Dachdecker dreist zu Cyrill. »Sie haben ja einen viel größeren Mund; da sieht man vielleicht eher etwas.«

Cyrill warf ihm als Antwort nur einen verächtlichen Blick zu und dachte weiter nach. Endlich verklärte sich seine Miene. »Man bringe eine elektrische Taschenlampe«, sagte er.

Nach einigem Hin und Her wurde die Lampe herbeischafft. Sie stammte von dem Laufburschen Fritz und funktionierte wider alles Erwarten der Leute, die über Fritzens sonstige Ordnungsliebe eingeweiht waren.

»So«, sagte Cyrillus Triumphator; »ich möchte die Schwierigkeit sehen, die bei festem Willen nicht zu überwinden wäre. Also Fräulein Sabine, sagen Sie fortgesetzt ›a‹, und Herr Apotheker, schauen Sie Ihrem Fräulein Tochter in den Mund und achten Sie vor allem darauf, wie die Zunge liegt.«

Der Apotheker begab sich wieder auf Beobachterposten, Sabinchen sagte ›a‹, und Cyrill trat mit der elektrischen Taschenlampe heran und blitzte plötzlich auf.

Vater und Tochter fuhren zurück und rieben sich die Augen.

»Sie blenden einen ja!« rief der Apotheker und riß sich die Brille ab.

»Gott – o Gott – bin ich erschrocken!« seufzte das Sabinchen.

Cyrill stand mit seiner Lampe da als ein geschlagener Held.

Der Dachdecker faßte sich zuerst.

»Es wird nichts nützen«, sagte er, »wenn wir sehen sollen, wie Fräulein Sabine ›a‹ sagt, muß sie einige Leuchtkäfer kauen. Oder sie muß ein Feuerfresser werden.« Der Dachdecker war ein dreister Mensch, der es mit der Kunst nicht ernst nahm. Das empfanden alle. Nur Sabinchen lachte über seinen Scherz.

Es ging noch lange mit dem »a« sagen, dann kamen »e« und »i« an die Reihe. Bei letzterem mußte der Mund unnatürlich breit gemacht werden.

»Das ›i‹ muß man sich gewissermaßen mit beiden Mundwinkeln in die eigenen Ohren hineinsagen«, lehrte Cyrill. Die richtige Rundung beim ›o‹ brachte Fräulein Liesel am besten heraus, und den Unterkiefer streckte beim ›u‹ der Apotheker am besten vor.

Nach eineinhalb Stunden sagte Cyrill:

»Das wäre der Anfang. Die Übungen im lautreinen Sprechen der Vokale werden den Anfang jeder Unterrichtsstunde bilden. Es ist wie das Einmaleins beim Rechnen. Heute üben wir nur den flüssigen Konsonanten ›l‹ noch ein, damit Sie ihn in Verbindung mit den Vokalen auf die ersten fünf Töne der Tonleiter zu Hause üben können; also la, le, li, lo, lu – lu, lo, li, le, la und umgekehrt al, el, il, ol, ul – ul, ol, il, el, al.«

Es gab noch greuliche Mühen diesen Abend. Der Konsonant ›l‹ hat es, was die Zungenhaltung anlangt, in sich, und daß er zwei Millimeter über der oberen Zahnreihe mit der Zungenspitze angesetzt werden muß, ist auch nicht so einfach, wenn man es bisher falsch gemacht hat.

Am Schlusse der Unterrichtsstunde sagte Cyrill:

»Nun noch eine kleine Aufgabe. Sprechen Sie: ›Rabe, Rebe, Robe‹ – oder ›Aber, Eber, Ober‹! Es handelt sich um das Zungen-R.«

Es stellte sich heraus, daß nur der Dachdecker das Zungen-R hatte, alle anderen sprachen Gaumen-R.

»Nun, dieses vermaledeite Gaumen-R wird uns allein monatelang aufhalten«, seufzte Cyrill.

Der Apotheker lud alle Teilnehmer an dem Unterricht zum Abendbrot ein.

Der Einladung wurde gern entsprochen. Nur der Dachdecker sagte, er hätte keine Zeit mehr, und ging in den »Bleiernen Hecht«.

»Nun, wie war's?« fragten ihn dort seine Freunde.

»Feezig«, antwortete der Sängersmann. »Ich kann beinahe ›a‹ sagen.«

»Was habt ihr denn gesungen?«

»Gesungen? Ihr habt eine Ahnung! Singen werden wir, wenn wir werden richtig sprechen können. Und das wird vor Ablauf des fünfzehnten Unterrichtsjahres wohl nicht der Fall sein. Wißt ihr, was ihr seid – stumm seid ihr! Nicht einen Buchstaben könnt ihr sprechen, geschweige ein Wort.«

Sie lachten, daß es dröhnte.

Der Dachdecker ließ sie lachen, war an diesem Abend beim Spiele nicht ganz bei der Sache und sang am nächsten Tage, als er das Dach des Rathauses ausbesserte, so beharrlich la, le, li, lo, lu und alle Umkehrungen dieser schönen Übung, daß das Sabinchen ans Fenster trat und ihm lachend zunickte. Alle anderen Leute aber meinten, der Dachdecker hätte den Sonnenstich bekommen, und man solle die Feuerwehr alarmieren und ihn herunterholen.

Es war fast jeden Abend Unterricht.

Man mußte es Herrn Cyrill lassen, daß er als Lehrer an Fleiß und Hingebung kaum übertroffen werden konnte. Alle vier Schüler erwiesen sich als über das Mittelmaß begabt. Der bei weitem Begabteste war der Dachdecker; er faßte alles spielend auf, und was ihm einmal korrigiert wurde, machte er nie wieder falsch. Er kleidete sich neuerdings gut, ging ordentlich frisiert und rasiert, hatte blitzblanke Zähne und benahm sich immer tadelloser. Wenn ihn der Apotheker einmal einlud, hatte er Zeit dazubleiben. Seine Freunde im »Hecht« freilich waren mit ihm höchst unzufrieden.

Die Lautbildungslehre ging weiter; die Schüler erfuhren, daß der schöne Name Hedwig nicht wie Het-wick ausgesprochen wird, sondern He-dwich, daß es nicht »daas Grapp«, sondern umgekehrt »daß Graab«

heiße, nicht Entschuldijunk, sondern Entschuldi-gung mit der nasalen Verbindung von n und g, nicht selbstvastäntlich, sondern selbstverständlich. Und so vieles andere, was damit zusammenhängt. Die Betonungslehre kam daran, schließlich die Tonfärbelehre, die schon ins Künstlerische hineinragt, und daneben gingen meist unter endlosen Solfeggien: do, re, mi, fa ... die eigentlichen Gesangsübungen.

Sämtliche Teilnehmer mußten musikalische Bücher lesen, auch Biographien von großen Musikern; es wurden drei Musikzeitschriften mitgehalten und vor allen Dingen auch die konzertkritischen Artikel aus den Tageszeitungen studiert und erläutert. Es wurde mit Feuereifer gearbeitet. Nach drei Monaten sagte Cyrill: »Zur Belohnung für Ihren Fleiß und Ihre Ausdauer wollen wir es jetzt mit dem ersten Quartett versuchen. Ich habe dafür das Volkslied: ›In einem kühlen Grunde‹ ausgewählt.«

Cyrill hielt eine Ansprache über dieses Lied. Er sprach mit großer Liebe und Verehrung von Eichendorff.

»Ein Heiligtum ist dieses Lied, ein Nationalschatz. Und doch, der Schatz wäre beinahe verloren gegangen. Eichendorff hatte das Lied aus göttlicher Eingebung heraus geschrieben und es von Königsberg nach Schwaben an seinen Freund Justinus Kerner gesandt. Der las das Gedicht, erkannte, daß er ein Juwel ohnegleichen in Händen hatte, und lief aus seinem Arbeitszimmer hinaus, um alle Hausgenossen zusammenzurufen, ihnen dieses Juwel zu zeigen. Als Justinus Kerner an seinen Schreibtisch zurückkehrte, war die Eichendorffsche Handschrift, die er dort zurückgelassen hatte, spurlos verschwunden. Das Zimmer wurde durchsucht. Umsonst. Das Fenster stand offen. Ein Luftzug mußte das kostbare Blatt entführt haben. Justinus war in Verzweiflung. Er wußte, daß Eichendorff keine Abschriften anfertigen ließ, daß das Juwel verloren war, wenn sich das Blättlein Papier, an das es gefesselt war, nicht wiederfand. Justinus Kerner ließ fünf Tage lang seinen Garten und das angrenzende Gelände absuchen. Das Blatt war verschwunden. Seinem Freunde Eichendorff den Verlust zu melden, wagte Kerner nicht.

Und da geschah das Wunder. Ein Händler kam in Kerners Haus, ein Mann, der einen Korb mit allerlei ›Kurzsachen‹ feilbot: Tabaksdosen, Broschen, Kinderspielzeug. Er bot auch Kerner seine Waren an. Und da sieht der – zum Herzstillbleiben ist es gewesen – Eichendorffs Handschrift um eine Kinderklapper gewickelt.

›In einem kühlen Grunde …‹

Ein Griff. Justinus Kerner hatte das Lied.

›Wo haben Sie dieses Papier her?‹ fragte er den Händler mit bebender Stimme.

Der Händler guckte sich das Blättlein an.

›Ach Gott‹, sagte er, ›das fand ich auf einem blühenden Flachsfeld. Es war gutes Papier, auf einer Seite ganz unbeschrieben, und da brauchte ich es zum Einpacken.

Weit über eine deutsche Meile weg war das blühende Flachsfeld, auf das der Wind Eichendorffs unsterbliches Lied aus Kerners Wohnung getragen hatte!

Können Sie sich denken, wie Justinus Kerner vor Weh und Freude geweint hat, als er dieses Blättlein Papier wieder hatte? Ahnen Sie, was das ist um ein unwiederbringliches Heiligtum aus dem Tempel der Menschheit? An diesem einfachen Liede, das doch ein Diamant unsagbaren Wertes ist, haben sich arme Prinzessinnen, die an ungeliebte Prinzen verkuppelt wurden und einen Leutnant von der Schloßgarde liebten, berauscht; dieses Lied ist wie eine Mahnerin zum Ernst in Trinkgelage von Schlemmern hineingekommen; dieses Lied hat arme Wäschermädel in ganz weite Höhen geführt; einsame alte Junggesellen haben das Lied auf frostigen Buden gesungen; versonnene Bauernmädel am Brunnentrog haben es angestimmt in stiller Abendstunde; ein einsamer Wanderer auf mondbeschienener Landstraße hat es gesummt; ein alter Gelehrter nach langer Geistesarbeit ist an seinen Flügel geschlichen und hat mit müden Fingern die alte, liebe Weise noch einmal gespielt. Das Lied vom deutschen Walde, von der deutschen Mühle, von der Liebe, vom zerbrochenen Ringlein, vom Aufbäumen des verwundeten Herzens und vom Sterbenwollen. Sehen Sie, meine Zuhörer, der ganz große Geist, der Beethoven hieß, der hat seine unsterbliche neunte Symphonie geschrieben. Um den ganzen Erdball herum können Sie suchen, über der Erde und unter der Erde – einen so großen Demantklotz finden Sie niemals mehr wie diese ›Neunte‹! Was will Beethoven in seiner Neunten sagen? Es war ein Mensch, der durch Schuld und Nichtschuld, kurz, durch sein Leben an allem verzweifelte. Dann suchte er Erlösung in wilder Lust. Er fand sie nicht. Er fand sie endlich erst in der reinen Freude Götterfunken. Eichendorffs kleines Lied führt nicht so weit – es führt ins Sterbenwollen, aber doch auch durch die ganze Staffel des Liebens und Leidens hindurch. Ihnen, meine Zuhörer, will ich nur das eine einprägen: Ehrfurcht – Ehrfurcht vor einem Kunstwerk, ob es eine Symphonie ist oder ein Volkslied.«

Als einige Tage später die Stimmen des Quartetts zum ersten Male zusammenklangen, hatte Cyrill Tränen der Freude in den Augen.

»So schön«, sagte er, »ist in Altenroda noch niemals gesungen worden ...«

Und auch hier kam die Liebe und mischte sich ins schöne Spiel. Wenn Cyrill seinen Unterricht gab, war er streng sachlich und hütete sich wohl, von seinen Gefühlen für das Sabinchen etwas zu verraten. Er wußte, daß er anfänglich auf der gefährlichen Bahn gewesen war, sich vor der Geliebten lächerlich zu machen, und daß nichts der Erfüllung heißer Liebessehnsucht so hinderlich ist, als sich in ein lächerliches Licht zu stellen.

So war Cyrill ein gewissenhafter, ja gestrenger Lehrer und sah auch dem Sabinchen keinen Fehler nach, wenngleich er bei seinen Korrekturen an ihr eine gewisse sanfte Zartheit nicht verbergen konnte, die er ja für den Dachdecker, den Apotheker und auch für Fräulein Liesel Tilgner nicht übrig hatte.

Zu Hause in seiner armseligen Stube aber litt Cyrill oft die größte Liebesnot und hatte Kummer aller Art. Von dem schmalen elterlichen Erbteil besaß er noch tausend Mark. Wenn die weg waren, stand er vor dem Nichts. Die Tante, seine einzige noch lebende Verwandte, bei der er wohnte, war selbst wenig bemittelt und außerdem äußerst geizig. Was sollte werden aus Cyrill? Der Dachdecker selbst war reicher als er; er hatte ihm einmal anvertraut, daß er ein kleines Erbteil und etwas Erspartes von zusammen dreitausend Mark besitze. Er hatte das wohl in der gutmütigen und doch für Cyrill demütigenden Absicht gesagt, ihm seine Hilfe anzubieten, wenn er mal in finanzieller Verlegenheit wäre. So sah wohl jedermann schon von weitem Cyrill den armen Hungerleider an.

Was sollte werden aus Cyrill? Nichts gelang. Er hatte weder eine Stelle als Kapellmeister bekommen, noch hatte sich ein Theater gefunden, das seine Oper aufführen wollte. Nur einige kurze Liedkompositionen hatte er bei Verlegern angebracht, diese aber auch nur gegen winziges Honorar. Aber Cyrill freute sich, wenn die vierseitigen Blätter herauskamen, die seinen Namen trugen und ein Kindlein seines Geistes bargen, und trug sie alle zu Sabine. Einmal gab Cyrill ein neues Lied heraus und hatte kühn auf das Titelblatt drucken lassen:

»*Sabine gewidmet* ...«

Der Text des Liedes lautete:

> Daß ich Dich liebe ...
> Es wissen es alle Blumen der Au,
> Es weiß es die Dämmerung, die Nebelfrau,
> Die Vögel zwitschern's vom hohen Dach,
> Die Wellen im Bache schwatzen es nach,
> Der Hahn auf dem Kirchturm möchte es schrei'n
> Hoch in den blauen Himmel hinein;
> Im Walde tuschelt es Baum zu Baum,
> Die Bienen summen's am Wiesensaum;
> Bald wissen's wohl alle Leute der Stadt,
> Als ständ' es geschrieben im Wochenblatt;
> Es weiß es die Nacht
> und das Morgenlicht –
> Nur Du weißt es nicht!

Für dieses Lied hatte Cyrill bei seinem Verleger der »besseren Ausstattung« wegen auf jedes Honorar verzichtet, ja selbst zugezahlt. Und als nun die ersten Exemplare vor ihm auf dem Tische lagen, auf dem Titelblatt sein Name und der des geliebten Mädchens, umrahmt von roten Rosen, faßte ihn heiße Angst. Gewiß, Sabine brauchte den Text durchaus nicht auf sich zu beziehen; solche Liedtexte sind neutral, können dahin oder dorthin oder ganz ins Blaue gezielt sein, aber sie konnte das Lied auf sich beziehen und dann konnte sie sich kompromittiert fühlen. »Bald wissen es alle Leute der Stadt, als ständ' es geschrieben im Wochenblatt ...« dem Mädel mußte ja himmelangst werden, wenn sie das las. Und dann war es durch die Schuld seiner aufdringlichen Huldigung gewiß aus und vorbei mit aller Hoffnung. Cyrill telegraphierte an seinen Verleger, er ziehe das Lied aus dem Musikhandel zurück. Der Verleger antwortete: »Nur gegen Übernahme der ganzen Auflage. Dreiunddreißigeindrittel Prozent Rabatt vom Originalpreis. Fünf Exemplare bereits verkauft.«

So opferte Cyrill einen großen Teil seines bißchen Vermögens und hatte bald einige hundert gedruckte Lieder in seiner Wohnung aufgetürmt, für die er keine Verwendung besaß.

»Die Nacht wußte es und das Morgenlicht«, was Cyrill um Sabine litt. Hoffnungslos. Er, der arme Musiker, sie das einzige Kind eines reichen Mannes!

Und noch ein zweiter litt um Sabine: der Dachdecker. Was ist doch Frau Musika für eine arge Kupplerin. Wie geht sie mit leisen Hexenschritten um die Menschen herum, kreist sie ein, läßt sie aus überquellenden Tonbechern süßes Gift schlürfen, nach fremden Rhythmen atmen, in fremden Melodien fühlen. Wie kann sie zwei Menschen in alle Tiefen und Höhen führen, Geheimsprache reden vor tausend Ohren, unsichtbare Liebeslauben bauen vor tausend Augen. Wie kann sie streicheln und quälen, erheben und erniedrigen, werben und verderben.

Der schlichte Sohn des Volkes, der übermütige Bursch, war zum Träumer geworden. Wenn er auf einem hohen Dache saß, irrten seine Augen immer wieder über das Häusermeer dahin, wo auf dem Marktplatz neben dem Rathausturme das Apothekerhaus mit dem goldenen Kranich war. Dieses Haus war ihm zur wahren Heimat geworden. Das war licht und schön, anders als seine arme Handwerkerstube, und ein Engel von himmlischer Anmut lebte darin.

Oft saß der Dachdecker auf einem schwindeligen Platz in tiefen Gedanken. Manchmal, wenn die Glocken so feierlich klangen, weinte er. So viele Dächer, und keines das seine; aus so vielen Schornsteinen weißer Rauch, und sein eigen kein Herd, an den er ein geliebtes Weib führen konnte.

Von hohen Dachfirsten sah er über die Stadt hinweg ins freie Land hinaus. Straßen führten in weite Fernen. Er könnte wandern, könnte sich loslösen von seiner Pein. Aber er würde wohl rückwärts gehen, um immer noch die liebe Stadt zu sehen, und wenn ihr letztes Dach verschwände, würde er von Sehnsucht überwältigt nach Hause laufen. Was blieb dem armen Dachdecker anderes übrig, als eines Tages abzustürzen und »in Ausübung seines Berufes« ehrenvoll den Hals zu brechen!

Cyrill war eines Nachts auf einen Rettungsgedanken verfallen, auf einen Gedanken, den er allerdings früher schon einmal gehabt hatte. Er mußte August Stumpe ausbilden, mit diesem wirklich ganz außergewöhnlichen Gesangstalent eines Tages einem Opernhausdirektor unter die Nase fahren und so Stumpe als Sprungbrett für die eigene Kapellmeisterlaufbahn benutzen.

Cyrill war immer noch nicht ohne Hochmut. In Marienwerder war ihm eine Kapellmeisterstelle angeboten worden. Es war zum Lachen. Als ob er nach Marienwerder aussähe! Als ob Sabine je die Frau eines mit dreitausend Mark dotierten Kapellmeisters in Marienwerder werden würde. Abgesagt! Die Agentur schrieb ihm darauf, daß sie vorläufig für ihn nichts wisse.

Cyrill sagte Stumpe August einmal auf dem Heimwege unter ehrenwörtlicher Zusicherung absoluter Verschwiegenheit: er wolle ihn zum Opernsänger ausbilden und schon dafür sorgen, daß er im ersten Fach unterkomme. August Stumpe lachte erst blöde, dann sagte er, er habe nicht recht verstanden. Worauf Cyrill noch einmal seine Absicht aussprach. Darauf sagte der Dachdecker, Herr Cyrill möge entschuldigen, ihm sei nicht gut, es werde ihm so komisch. Und er ging beiseite und lehnte den Kopf an einen Zaun. Eine Hand preßte er aufs Herz und eine auf den Magen, und es würgte ihn zum Erbarmen. »Brechen Sie nur! Brechen Sie nur!« riet Cyrill. »Sie sind der rechte Mann. Es packt Sie. Sie nehmen es ernst!«

Es war ein stilles Heldentum, das die beiden von nun an verrichteten. Alle Abende, die nicht dem »Quartett« gewidmet waren, saßen sie in Cyrills Stube, studierten und übten oft bis tief in die Nacht. Alle Sonntage waren dem eifrigsten Studium geweiht. Selbst nach den Quartettabenden nahm Cyrill den Dachdecker oft mit in seine Klause. Er lieh ihm Bücher. Selten hatte ein eifriger Lehrer einen so eifrigen Schüler.

Der ersehnte Preis all dieser Mühen war für beide der gleiche.

Sabine!

Die armen Burschen wußten es nicht und gewannen sich nach und nach lieb.

Hätten sie sich durchschaut, sie hätten sich gehaßt und gegenseitig zu verderben gesucht.

So wanderten sie beide dem selben Lichte zu und keiner sah von dem andern, daß er die gleiche Straße zog.

Anfang November wollte das Quartett sein erstes Konzert geben. Wenn aber ein Quartett ein Konzert geben will, muß es einen Namen, eine Firma haben, schon der Anschlagsäulen und der Zeitungsnotizen wegen.

Es wurde eine Beratung abgehalten. Wer je einer Beratung beigewohnt hat, in der ein neuer Name gefunden werden soll, weiß, daß das ein schwieriges Geschäft ist, ganz gleich, ob es sich um eine Gesangsvereinigung, um eine literarische Zeitschrift, um eine Aktiengesellschaft, um ein neues Insektenpulver oder um ein kleines, manchmal noch gar nicht geborenes Kind handelt. Namengebung ist immer schwer und verantwortlich.

»Ich bitte um Vorschläge«, sagte Cyrill; »ich selbst werde meine Meinung zuletzt sagen, um niemand zu beeinflussen. Bitte, Fräulein Tilgner!«

»Ich hatte mir gedacht«, sagte Fräulein Tilgner, »da wir doch vier sind – im Quartett sind ja wohl immer vier – also da könnten wir uns ›Quartett Jahreszeiten‹ nennen. Der ›Frühling‹ ist natürlich Sabinchen, ich selbst bin ja etwas älter und könnte als der ›Sommer‹ gelten; Herr Stumpe müßte den ›Herbst‹ darstellen, und der Herr Apotheker, wenn er so gut sein wollte, den ›Winter‹.«

»Danke!« sagte der Apotheker verdrossen; »so eisgrau bin ich noch nicht! Fünfundfünfzig bin ich! Und dann – wieso Herr Stumpe mit sechsundzwanzig Jahren ›Herbst‹? Und wieso überhaupt vier? Sind wir nicht fünf? Zählt der Dirigent nicht mit? Der Name ist einfach unmöglich.«

»Bitte um Entschuldigung!« sagte Fräulein Tilgner kleinlaut und setzte sich.

»Nun Ihren Vorschlag, Fräulein Sabine«, forderte Cyrill auf.

»Ich hatte«, sagte das Sabinchen, »auch an die Zahl vier gedacht, und da wollte ich vorschlagen, wir nennen unser Quartett ›Kleeblatt‹. Es gibt ja übrigens auch fünfblättrige Kleeblätter.«

Der Apotheker erhob sich.

»Meine liebe Tochter, erstens sind Kleeblätter in erdrückender Majorität dreiblättrig. Vierblättrige sind eine Seltenheit, und es wäre arrogant, wenn wir uns als Seltenheit hinstellen wollten. Das würde eine boshafte Kritik sofort aufgreifen. Eine boshafte Kritik würde aber noch etwas anderes sofort aufgreifen; nämlich sie würde sagen: Kleeblatt? Wieso? Es liegt hier eine Beleidigung des Publikums vor. Denn wem werden Kleeblätter vorgesetzt? Doch nur Rindviechern! Der Name ›Kleeblatt‹ ist ganz unmöglich.«

»Nun, dann mache doch selbst einen Vorschlag, Papa!«

»Das will ich«, sagte der Papa. »Ich schlage vor, unser Quartett heißt: ›Der Wagen‹. Der Name berührt zunächst befremdend. Aber das soll er. Alles, was in der Welt zugkräftig sein soll, muß einen auffälligen Namen haben. Das weiß ich aus der Apotheke. Je verrückter der Name einer neuen Sache ist, desto besser geht sie. Und dann denken Sie doch an die berühmte Düsseldorfer Vereinigung ›Malkasten‹ oder an die Münchener ›Scharfrichter‹. Ist das nicht auch verrückt? Doch nun zur Sache! Ein Wagen hat vier Räder. Alle Räder müssen gleichen Takt halten, alle müssen dem gleichen Ziel zusteuern, dieselbe Straße ziehen, mal langsam, mal schnell, mal in anfeuerndem Tempo, mal nachlassend *diminuendo*. Und der Fünfte? Kein auch noch so verrohter Kritiker wird wagen, in einem blöden Witz zu behaupten, daß der Dirigent des ›Wagens‹ das Roß sei, das den Wagen zieht, sondern jedermann wird ihn als den Kutscher ansehen, der den Wagen lenkt. Das Publikum aber wird der ›Wagen‹ über Berg und Tal in grüne Waldeinsamkeit, an alte Burgen und in das Gewühl der Großstadt führen, kurz, der ›Wagen‹ wird ihm eine Reise durch alle Poesie des Lebens vermitteln.«

»Was sagen Sie zu dem Vorschlag des Herrn Apothekers, Herr Stumpe?«

»Ach«, sagte August Stumpe, »der Vorschlag ist an sich sehr geistreich. Nur, wir sind ein Musikverein, und ein Wagen macht keine gute Musik. Ein Wagen knarrt, und wenn er singt, quietscht er. Man könnte dann den Verein lieber ›Automobil‹ nennen, das hat auch vier Räder, und alles andere trifft auch zu, das von der Waldeinsamkeit und den Burgen und Städten, zu denen man hinfahren kann. Ein Wagen kann ferner nur wenig Leute über Berg und Tal führen; wir wollen aber vielen Menschen die ›Reise durch die Poesie‹ verschaffen. Darum sollten wir uns lieber ›Omnibus‹ heißen, der hat auch vier Räder.«

»Herr Stumpe, wollen Sie mich verhöhnen?«

»Gott bewahre, Herr Apotheker, ich sage nur meine Meinung.«

»Er sagt seine Meinung! Und er hat ein Recht dazu!« entschied Cyrill.

»Bitte, Herr Stumpe, was sagen Sie zu den Vorschlägen der beiden Damen?«

»Ja«, meinte Stumpe, »wir kommen ja nur mit der Wahrheit weiter. Es tut mir leid, aber die Vorschläge der beiden Damen waren kitschig. Am kitschigsten war der von Fräulein Sabine. ›Kleeblatt‹ nennt sich ein Backfischkränzchen, aber kein ernster Kunstverein.«

»Sie sind frech«, sagte Sabine gemütlich. »Pah!«

Cyrill war ganz blaß.

»Bitte, Herr Stumpe, nun machen Sie Ihren eigenen Vorschlag.«

»Ich schlage vor«, sagte August Stumpe, »daß wir auf allen Klimbim verzichten und unsere Vereinigung nennen: ›Quartett Cyrill Dietrich‹. Herr Cyrill Dietrich ist unser Lehrer, unser Führer; ohne ihn könnten wir nichts. Cyrill Dietrich ist ein schöner, wohlklingender Name. Der Name Cyrill Dietrich wird einer Vereinigung immer ein Ansporn sein, eifrig zu arbeiten, und dem Publikum immer eine Garantie, daß es etwas Gutes zu erwarten hat.«

Schweigen. Cyrill saß mit gesenktem Haupte da. Er war in tiefster Seele glücklich. Er hatte in diesem Augenblicke den Dachdecker August Stumpe von Herzen lieb. Nicht in der Hauptsache wegen der letzten über ihn selbst geäußerten Worte, obwohl Cyrill wie alle Künstler für Anerkennung überaus empfänglich war, sondern des Wahrheitsmutes wegen, mit dem Stumpe seine Meinung gesagt hatte, und vor allem, weil er sich so recht als begnadetes Gotteskind offenbarte. Wie kam ein Dachdecker zu solchem Geschmack, zu solcher Ausdrucksweise? Der Mann war, während er Cyrills Unterricht genoß, mit Siebenmeilenstiefeln gewandert. Ach, das naturgeborene Genie vor sich zu haben, was ist das doch für eine Wonne!

Nach einer Weile aber lehnte Cyrill den Vorschlag August Stumpes dennoch ab.

»Meine Damen und Herren! Bitte, binden Sie sich nicht an meinen Namen. Einst – vielleicht sehr bald – werde ich nicht mehr bei Ihnen sein. Ich werde dann nichts sein, als der zufällige erste Dirigent Ihres Quartetts, der noch dazu sehr kurze Zeit bei Ihnen tätig war. Mein Name ist kein Programm. Genehmigen Sie meinen eigenen Vorschlag: ›Quartett Altenroda‹. In dem schönen Namen Altenroda haben Sie alles, wofür Ihr Herz und Ihre Kehle singt, haben Sie die Heimat und alles, was Ihnen darin lieb und wert ist.«

Cyrills Vorschlag wurde angenommen.

Als August Stumpe nach diesem Abend im Bette lag, dachte er nicht wie sonst darüber nach, weshalb wohl ein ein Meter und fünfundsiebzig Zentimeter langer, kräftiger Mann zur Nachtruhe in einem Gestell zu liegen habe, das nur ein Meter und siebzig Zentimeter lang war, sondern er klagte sich in leidenschaftlichen Selbstvorwürfen an, daß er an Fräulein Sabines harmlosem Vorschlag eine so bissige Kritik verübt, daß er seinen Engel so böse gekränkt hatte. Immer wieder überdachte er die Situation; immer aufs neue schüttelte es ihn vor dem ›Kleeblatt‹-Vorschlag Sabinens, und immer aufs neue brannten dennoch alle Sehnsuchtsfeuer nach dem lieblichen Mädchen hin. Es war ein auf- und abwogendes Fieber, ein wildes Auf und Nieder. Ganz zuletzt aber dachte August Stumpe an Cyrill. Und im Gedanken an Cyrill schlief er ein. Ein kleiner kluger Gott saß auf der Kante der kleinen Bettstelle und lächelte. Wieder hatte einer die Liebe zur Kunst über die Liebe zum Weibe gestellt.

Auch Cyrill schlief schlecht. Auch er dachte an die Vorgänge des Abends. Und auch er quälte sich. Daß Sabine den ›Kleeblatt‹-Vorschlag gemacht hatte, grämte ihn noch im Bett, verursachte ihm sauren Geschmack im Munde. Aber was war sie denn? Ein Kind von kaum zwanzig Jahren. Ein liebes, wonniges Mädel. Was sollte man von ihr verlangen? Die Sehnsuchtsfeuer loderten. Aber dann glitten Cyrills Gedanken doch zu dem begnadeten Dachdecker hinüber, und er wurde ganz ruhig und schlief ein.

Und derselbe kleine kluge Gott, der auf Stumpes Bettstelle gehockt hatte, kam auf silberner Mondbahn zu Cyrill gefahren und besah sich lächelnd auch diesen Getreuen. – Auch Fräulein Liesel Tilgner schlief nicht. Sie hatte sich heute in August Stumpe, als er so grob wurde, endgültig und rettungslos verliebt.

Selig schlief nur das Sabinchen, ihr herziges Köpfchen auf den molligen Arm gelegt. Sabinchen dachte an nichts Böses und an nichts Gutes – sie dachte an gar nichts. Völlig ruhelos war der Apotheker. Er faß an seinem Schreibtisch und entwarf »Statuten« für das »Quartett Altenroda«.

Das »Quartett Altenroda« gab sein Konzert. In der Vorankündigung hieß es, das Programm würde einen Volkslied-Teil und einen Kunstlied-Teil enthalten, zur Umrahmung des Liedertiels zwei Klaviervorträge, ausgeführt von Herrn Cyrill Dietrich, im ersten Teil Schubert, im zweiten Beethovens Letzte Sonate (op. 111). Preise der Plätze drei Mark, zwei Mark, eine Mark; Stehplatz fünfzig Pfennige.

Bei der Aufführung waren eigentlich nur Stehplätzler anwesend, das Parkett war fast leer. Nur hie und da hockten mit trübseligem Gesicht ein paar verirrte Seelen. Sie fühlten sich äußerst unbehaglich in ihrer Einsamkeit. Die Sänger taten ihnen leid. An den Wänden aber klebte junges Volk: leise kicherndes hübsches Backfischgesindel und junge Männer im ehrenvollen Alter von sechzehn bis neunzehn Jahren, die alle gut gescheitelte Frisuren hatten und feierliche Gesichter machten.

»Was sollen wir tun?« fragte der Apotheker, als er den leeren Saal sah. »Diese Bande! O, diese Bande! Was sollen wir tun?«

»Singen!« antwortete Cyrill, düster und lakonisch.

»Aber doch nicht allein vor diesem jungen Rabattengemüse?«

»Doch!« sagte Cyrill noch um eine Silbe lakonischer, und der Fall war entschieden.

Schlag acht Uhr (das war der festgesetzte Beginn des Konzerts) machte Cyrill Dietrich seine Dirigentenverneigung vor dem Publikum und hielt eine kleine Ansprache:

»Meine Damen und Herren! Ich freue mich, daß insonderheit die Jugend Altenrodas unserer Einladung so zahlreich Folge geleistet hat. Ihr schöner, jung-seliger Idealismus hat Sie hierhergeführt. Nur wer die Jugend hat, hat die Zukunft. Nur auf die Jugend baue ich meine Hoffnung, daß in Altenroda eine Besserung des Kunstgeschmacks eintreten kann. Ich heiße Sie herzlich willkommen und bitte Sie, auf den leergebliebenen Stühlen des Saales Platz zu nehmen.«

Hei, flog das hübsche Backfischgesindel in seinem jungseligen Idealismus auf die leeren Stühle. Die jungen Herren folgten in gemessenerem Tempo; einige aber blieben »ostentativ« an der Wand stehen. Sie wollten sich »nichts schenken« lassen; sie hätten ja, wenn sie es nur gewünscht hätten, sich leicht einen Talerplatz kaufen können. Sie hatten es aber nicht gewünscht. Sie standen lieber. Sie standen »prinzipiell«, standen »zum Vergnügen«. Und alle Welt ließ sie auch ruhig stehen.

Schlag acht Uhr wurde auf Cyrills Befehl auch die Kasse geschlossen. Zehn Minuten später aber, als der Kassierer noch mit den Aufräumungsarbeiten, insonderheit mit dem Verpacken von dreihundertfünfundsiebzig unverkauft gebliebenen Programmen beschäftigt war, erschien noch ein Sekretär mit seiner Frau und wünschte zwei Plätze.

»Bedaure«, sagte der Kassierer hochmütig; »die Kasse ist geschlossen.«

»Ist es denn so voll?« fragte der Sekretär verwundert.

»Das wohl nicht«, erwiderte der Kassierer; »aber was geschlossen ist, ist geschlossen. Das ist so bei vornehmen Konzerts.«

Das Konzert des »Quartetts Altenroda« war boykottiert worden. Die ganze sangesfreudige Stadt Altenroda war nun einmal in drei Lager eingeteilt, je nach der Zugehörigkeit zu einem der drei Gesangvereine; jedes Lager war bis zur Lächerlichkeit vereinsmeierisch und hielt auf strengste Disziplin. Parole war Parole. Wehe dem, der da nicht Stange hielt! Und hier bei Cyrills Konzert hieß in allen drei Vereinen die Parole: »Nicht hingehen!« Die »Harmonie« haßte Cyrill wegen seines Verhaltens im Harmonie-Konzert. Der Kirchenchor war neidisch auf Liesel Tilgner, die »wohl die Einzige sein wollte, die was könnte«. Der Verein »Frohsinn« hatte »seinen Freund und Ehrenmitglied« August Stumpe wider alle anderslautenden Zusagen eingebüßt; denn August Stumpe hatte sich seit langem dem Verein ferngehalten, nicht einmal an dem großen Schweineschlachtfest-Wettsingen hatte er sich beteiligt.

Also Parole: »Nicht hingehen!«

Die wenigen, die dennoch gekommen waren, es waren sechsundzwanzig, waren Außenseiter. Nur die »unreife Jugend« hatte sich davon, das neue Quartett zu hören, nicht abhalten lassen. »Weil es doch ein Feez ist«, hatte die blonde Käthe Birke zu dem Primaner Erich Mosemmel auf dem Hinwege gesagt.

Als das Konzert aus war, lungerte spazierengehend halb Altenroda in der Nähe des Konzertraumes auf Nachrichten, »wie es eigentlich gewesen sei«.

Käthe Birke, die mit dem Primaner Erich Mosemmel nach Hause ging und ihren Eltern begegnete, erstattete Bericht.

»Es war himmlisch! Ich habe nie geglaubt, daß es etwas so Schönes gibt.«

Das Kind hatte Mühe, zwei halbe Tränen in die Blauaugen zurückzudrängen, als es das sagte.

»Ja«, bestätigte Erich Mosemmel, bedeutend forscher im Ton; »es war tadellos!«

Und es ging noch am selben Abend ein Gesumme in der Stadt, das Konzert sei herrlich gewesen. Und noch am selben Abend erwogen zwei Männer, ob sie nicht am besten Selbstmord verübten: Cyrill und der Dachdecker. Der Apotheker nahm es fast ebenso tragisch wie diese beiden; er betrank sich im Giftgadern ganz unvernünftig. Liesel Tilgner flennte sich halbtot, einmal, weil der Tenor in seinem Unglück über das schlecht besuchte Konzert fast gar nicht mit ihr gesprochen hatte, und dann, weil ihr Vater, der Kirchenchordirigent, der noch immer gegen ihre Beteiligung am Quartett war, gesagt hatte, der »Reinfall« wäre eine gerechte Strafe für ihren kindlichen Ungehorsam. Ach Gott, es ist auch schwer, als »Kind« von einunddreißig Jahren immer noch ganz gehorsam zu sein.

Nur Sabinchen aß nach dem Konzert noch einmal tüchtig zu Abend, lutschte eine Tüte Bonbons aus und schlief dann selig, das wunderschöne Köpfchen auf den molligen Arm geschmiegt.

In Altenroda gab es eine Sensation.

Das Stadtblatt brachte folgenden Artikel:

»*Kunst im Winkel.* Ach, ich alter Knabe! Ich habe geglaubt, im Musikleben Bescheid zu wissen. Ich habe in Berlin, in Rom, in Paris, in München mich bemüht, einen Blick hinter den Schleier der Musik der bezauberndsten aller Göttinnen, zu tun, in ihr ewig schönes Gesicht zu schauen. Und dann habe ich so ziemlich alles, was auf Erden an Bedeutung singt, geigt, orgelt, flötet, klavierspielt, opert, operettelt und Laute zupft, gehört. Ich war in einem Jahre bei zweihundertundzwei Musikabenden. (Beileidsbesuche und Kranzspenden dankend verbeten!) Ich hätte geschworen, daß ich nie, nie mehr ganz freiwillig in ein Konzert gehen würde, sondern nur, wenn es höhere Pflicht erheischt: Kritikerpflicht oder die Pflicht, einem Großen in der Musik zu huldigen, indem man sich demütig zu seinen Füßen setzt. Kleinstadtkunst, das war für mich so etwas wie Gurkenbau in Liegnitz, Schnupftabakfabrikation in Ratibor, Stoffweberei in Cottbus. Alles sehr brav, alles sehr brauchbar, ja unentbehrlich, aber mich ging's nichts an, hatte mit ›Kunst‹ nichts zu tun. Kleinstadtkunst ging mich noch weniger an als die vielen Dilettantenstümpereien in den Großstädten, die nichts sind als Legierungen von Schwärmerei und Eitelkeit und vielleicht ein bißchen Sehnsucht.

Ach, ich alter Knabe, ich alter musikalischer Globetrotter! Da bin ich in einem entzückenden Erdenwinkel zur Winterfrische, habe wegen Talentlosigkeit meiner Bauchmuskeln das Skifahren aufgegeben und mich nur auf das Rodeln beschränkt, mußte mal kurz verreisen, las, wie schon vorher tausendundeinmal, also zum tausendzweitenmal den Fahrplan falsch und blieb also in Altenroda fünf Stunden lang ohne Weiteranschluß sitzen. Ein Einheimischer kann sicherlich in Altenroda fünfzig Jahre lang zufrieden und selig sein; aber was soll ein großstädtischer Fremdling mit fünf Stunden in Altenroda anfangen? Alle Ehre der Konditorei unter den Lauben und dem Hotel zum ›Löwen‹, sowie den dort ausliegenden Lesezirkelheften – aber ach, fünf Stunden sind halt grausam lang.

Kurz und gut, ich sah ein Plakat: ›Quartett Altenroda. Konzert.‹ Ich las das Plakat aus lauter Langeweile. Und ich fiel in einen Abgrund von Erstaunen. Das war ein Programm, würdig eines Konzerttraums, dessen Vorbedingung aparter Geschmack ist. Wo in aller guter und böser Geister Namen kam ein Mensch nach Altenroda, der ein solches Programm aufstellen konnte? Und wenn nun schon einer war, der solchen Geschmack hatte, wie konnte er die Kräfte zusammen bekommen, solch ein Programm auszuführen? Es mußte doch greulicher Unfug dabei herauskommen.

Ich ging hin. Das Konzert sollte um acht Uhr beginnen. Ich war – pünktlich, wie es sich geziemt – fünfzehn Minuten vor acht da. Ein leerer Raum. Einige Jünglinge und Jungfrauen an den Wänden. Mir wurde bange wie einem Einsamen in der Wüste.

Und nun sangen vier Leute; ein blasser junger Mann divigierte. Zwei Damen-, zwei Herrenstimmen. Eine kritische Würdigung des Konzerts will ich nicht geben, nicht etwa, wie man mancherorten sagen würde, eine ›Rezension‹ schreiben; ich will nur als eines meiner seltsamsten Lebensereignisse berichten, daß ich in einer deutschen Kleinstadt eine Kunstgabe fand, die mich in Erstaunen setzte. Glückliches Deutschland, wenn selbst in deine fernsten Täler solcher Kunsteifer und solche Kunstreife gedrungen sind! Der Tenor des Quartetts hat prachtvolles, wenn auch noch nicht zu voller Edelreife gediehenes Material. Die anderen leisten (auch von strengem Gesichtspunkt aus beurteilt) höchst Achtbares. Alle sprechen richtig, alle atmen richtig, alle singen richtig. Der Dirigent ist ein famoser Mann, und ich segne mein Mißgeschick, das mich in Altenroda fünf Stunden aufhielt.

Dieser Artikel, der im Altenrodaer Stadtblatt erschien, war von einem der gefeiertsten und gefürchtetsten Kritiker der Hauptstadt unterzeichnet.

Jedermann, der behauptet, daß Rezensenten gemeingefährliche Subjekte sind, hat recht. Cyrill Dietrich kriegte einen Weinkrampf vor Jubel, als er den Artikel las. August Stumpe, der ein zerschläterter Winterdach ausbessern sollte, saß mit dem Zeitungsblatt in eisiger Höhe, wäre beinahe erfroren und tat gar nichts, weder zur Ausbesserung des Daches noch seines Seelenzustandes. Der Apotheker betrank sich drei Tage und drei Nächte lang vor Freude, und nur Sabinchen heulte, und zwar wegen der plötzlich ausgebrochenen Trunksucht ihres lieben Papas.

Daß aber der Artikel der kritischen Großstadtkoryphäe in dem Altenroder Stadtblatt Aufnahme gefunden hatte, erklärte sich einfach daraus, daß der Verleger des Stadtblattes die Bedeutung jener Koryphäe kannte. Er war auf einige großstädtische Zeitungen abonniert. Und wenn er jetzt eine Abonnentenreklame für sein Stadtblatt losließ, vergaß er nie zu bemerken: Mitarbeiter u. a. Herr Dr. X., der gefeierte Musikkritiker erster Weltblätter.

Es ging schon auf den Frühling zu. Im Winter blüht das Geschäft der Dachdecker nicht. Über ein paar Notaufträge, wenn gerade das Schneegestöber schon ins Haus dringt oder sich der Nordwind einen gar zu groben Spaß erlaubt hat, kommt es nicht hinaus. So hatte August Stumpe viel Zeit zum Studium, und es wurde auch jede freie Stunde sorglich genützt. Cyrill war ein unermüdlicher Lehrer. Es war diesem durch und durch musikalischen Manne ein Herzensglück, ein so starkes Talent, wie das des Dachdeckers war, zu immer größerer Reife zu führen. Schon lange waren sie über bescheidene Rollen aus Spielopern wie »Freischütz« und »Waffenschmied« hinaus. Schon waren sie bei Wagner angelangt. Als Cyrill das erstemal zu seinem Schüler über Wagner sprach, stand er vor ihm wie ein begeisterter Priester, und als er ihm die Wonnen und Wunder des »Lohengrin« erschloß, seufzte der Dachdecker und sagte: »Das ist Musik aus dem Paradiese.«

Eines Tages fuhren die beiden miteinander nach der Hauptstadt. Im Wartesaal zu Altenroda trafen sie sich. »Ich habe einstweilen die beiden Fahrkarten gekauft«, sagte Cyrill.

»Ich auch!« sagte der Dachdecker.

Cyrill hatte dritter, der Dachdecker hatte zweiter Klasse gelöst. Schließlich legten sie die vier Karten zusammen, fuhren erster und waren schön allein im Abteil. Der Dachdecker schämte sich halb zu Tode in dem feinen Raume und wünschte nur, daß keine anderen Menschen einsteigen möchten.

Cyrill lächelte wehmütig.

»Sie werden bald immer erster Klasse fahren«, sagte er. »Wenn Sie erst ein Bühnenstern sind! Und ich werde immer dritter Klasse fahren. Ich glaube, ich bin selbst dritter Klasse.«

Dagegen erhob der Dachdecker leidenschaftlichen Protest; aber Cyrill wehrte ab und sagte:

»Lassen Sie es gut sein. Nicht jeder kann ganz vorne stehn. Es genügt schon, wenn er dabei ist. Heute abend im Opernhaus nehmen wir uns ganz gute Plätze. Wohnen können wir ja in einem kleinen Vorstadthotel.«

Sie saßen in einer Loge des Opernhauses.

Lohengrin.

Das silberne Singen der Geigen mit dem Gralsmotiv setzte ein; die Ouvertüre wogte vorüber, der Vorhang hob sich, und ein schönes Bühnenbild zeigte König Heinrich mit den Männern von Brabant am Ufer der Schelde.

Der Dachdecker preßte seine Hand auf Cyrills Knie, als müsse er sich festhalten. So selig erschrocken wie er schaute einst Moses ins Gelobte Land.

Als die Lichtgestalt Lohengrins auftauchte, diese Gestalt, die aus Glanz und Wonnen kommt, ganz Schönheit, ganz Reinheit, ganz Heldenkraft, ganz wundersamste Jugend, rannen dem armen Dachdecker unaufhaltsam die Tränen über die Wangen, das Herz pochte ihm in Seligkeit; alle Glocken klangen, alle Engel sangen; tausend Melodien strömten ihm zu: Du bist glücklich, du bist selig, du bist im Himmel!

Aber als der Vorhang gefallen war, saß der Dachdecker stumm und mit bleichem Gesichte auf seinem Stuhle. Die Leute gingen nach dem Vorraume.

»Wollen wir nicht auch hinausgehen?« fragte Cyrill. Der Dachdecker schüttelte den Kopf. Wie konnte man aus diesem Himmel hinausgehen? Aber er war so todblaß und stierte so eigentümlich mit den Augen, daß Cyrill fragte:

»Was ist Ihnen? Ist Ihnen nicht wohl?«

»Ach«, sagte der Dachdecker, »ach, ich erbärmlicher Kerl! So etwas werde ich niemals können. Der Lohengrin ist wie ein Gott!«

Cyrill schwieg. Er dachte: Ganz gut, wenn du die Größe und Schwierigkeit deiner Aufgabe erfassest. Im übrigen ist noch jeder, der wirklich etwas kann, nicht einmal, sondern hundertmal an sich verzweifelt. Nur die Stümper sind selbstsicher.

Im zweiten Akte, nach Elsas süßen Nachtgesängen, faßte sich der Dachdecker am Hals und flüsterte Cyrill angsterfüllt zu:

»Mir wird übel!«

Cyrill sah mit einem Blick, daß die Sachlage hier bedrohlich wurde, faßte August an der Hand und führte ihn hinaus. Unwillige Blicke folgten den Störern, und Elsa sang unten auf der Bühne: »Es gibt ein Glück, das ohne Reu«, ohne zu ahnen, daß da oben ein kunstbegeisterter Naturmensch diese Sentenz ad absurdum führte.

August Stumpe mußte sich erbrechen. Kalter Schweiß perlte ihm auf dem Gesichte und auf den Händen.

»Na, hören Sie mal«, sagte Cyrill, der nur unwillig den Samariter spielte, »wenn Sie sich immer im Theater so aufregen wollen, dann taugen Sie freilich nichts für die Bühne.«

»Nein«, schöpfte August Luft, »nein, ich tauge nichts! Ich tauge rein gar nichts! Ich bin eine unnütze Kreatur! Ich bin ein dummer Mensch. Für mich gibt's nur eins – weg von der Welt!«

»Blech!« sagte Cyrill zum Trost und sonst nichts. Dann führte er August an ein Büfett und labte ihn mit einer Flasche Selterswasser. Von drinnen drangen die Hochzeitshymnen des großen Kirchgangs. August strebte wieder hinein.

»Nicht um die Welt!« sagte Cyrill und hielt den Dachdecker zurück.

Da lehnte sich August Stumpe in seinem todjämmerlichen Zustande an eine Säule, und Cyrill stand neben ihm in dem leeren Restaurationsraum, und beide machten einen unvorteilhaften Eindruck.

Wie sie so dalehnten, kam ein kleiner dicker Herr mit einem Hornzwicker auf der Nase vorbei, musterte sie, blieb stehen, ging vorüber, blieb wieder stehen, guckte sich um und kam plötzlich heran.

»Also, da möchte ich doch wetten, Sie beide sind aus Altenroda.«

Cyrill und August erschraken, als ob sie entlarvte Verbrecher seien, und einer von beiden sagte: »Ja, ja, ja!« »Habe ich Sie doch erkannt«, schmunzelte der alte Herr vergnügt. »Ja, mein Physiognomiengedächtnis! Also die Leute vom Quartett Altenroda. Sie der Dirigent, Sie der Tenorist! Weiß alles, weiß alles! War ja in Ihrem Konzert. Sind also da mal hergekommen in die Oper – was? Und da ist Ihnen wohl schlecht geworden? Sehen ja ganz verdaddelt aus?«

»Ja«, sagte Cyrill, der den gewaltigen Musikkritiker von dazumal inzwischen erkannte oder wenigstens ahnte, »meinem Freunde wurde übel.«

»Er ist doch nicht Sänger von Beruf? Was ist er denn?«

»Dachdecker.«

»Dachdecker? So, so – Dachdecker! So – heidi – ganz oben! Ganz oben, direkt am Kirchturmknopf! Dachdecker! Und singt! Und fährt mal in die Oper! Opfert Geld! Siebzehn Mark zweiter Klasse hin und her! Weiß ich! War ja doch in der Gegend. Siebzehn Mark! Und dann die sonstigen Spesen. In die Oper! In den ›Lohengrin‹! Und hört dann hier solches – solches – und wird ihm schlecht.

Der kleine dicke Herr mit der Hornbrille nahm Cyrill etwas auf die Seite.

»Sagen Sie mal – der Mann hat sich wohl direkt erbrochen? Das sieht man ihm doch an!«

»Ja«, sagte Cyrill, »es wurde ihm übel. Schon nach dem ersten Akt wurde ihm ganz benommen.«

»Hatte er denn vorher getrunken oder sich den Magen verdorben?«

»Durchaus nicht! An der Übelkeit ist nur die Oper schuld.«

Der Dicke funkelte Cyrill mit den Brillengläsern an. »Die Oper! War denn – dieser – dieser Dachdecker schon öfter in der Oper?«

»Nein, es ist die erste, die er hört.«

Der Dicke rieb sich die Glatze.

»Das ist fabelhaft! Das hätte ich nicht für möglich gehalten. Sehen Sie, man müßte doch annehmen, auf eine so naive Haut, wie es ein Dachdecker aus Altenroda ist, müßte die erste Oper, die er hört, mächtigen Eindruck machen, sie müßte ihn begeistern. Aber nein! Wenn er ein musikalisches Talent ist (und das ist Ihr Dachdecker in ganz hervorragendem Maße), wenn er ein musikalisches Innenleben hat, wird ihm bei einer solch gottserbärmlichen Aufführung, wie die heutige ist, einfach schlecht. Er kotzt! Er verachtet die ganze Bande. Der ›Lohengrin‹, der heute hier auf Engagement zu singen die Verbrecherstirn hat, soll sich auf einen Misthof als Kikerikihahn vermieten. Ja, das soll er! Das schreibe ich morgen in meine Kritik. Als Kikerikihahn auf einen Misthof vermieten! Selbst ein wirklich musikalischer Dachdecker aus Altenroda hat das herausempfunden.«

Auf diese Rede hin sagte Dietrich Cyrill weder »ja« noch »nein«. Er war zu erstaunt über diese Wendung der Dinge.

»Also«, fuhr der Dicke fort, »ich habe damals über Ihr Konzert an Ihr Stadtblatt einige Zeilen gerichtet. Es machte mir Spaß. Ich wollte auch den Spießern aus Altenroda, die Ihrem Konzert ferngeblieben waren, eines auswischen. Ich habe mich damals über Ihre Leistungen gewundert. Aber noch mehr wundere ich mich heute. Daß einem Naturkinde bei der ersten Oper, die es hört, schlecht wird, nur weil schlecht gesungen wird – sehen Sie, das ist ein psychologisch rasend interessanter Fall. Das ist ein Testimonium so elementaren Schönheitswillens, daß ich erstaunt bin.«

Der Dicke ging nun zu dem Dachdecker, der mit einem weidlich dummen Gesicht immer noch an der Säule stand, und sagte.

»Ich beglückwünsche Sie zu Ihrer Übelkeit! Wundern Sie sich nicht, daß mir nicht auch übel geworden ist! Verachten Sie mich deswegen nicht! Ich bin abgehärtet bis aufs äußerste. Ich kann Seifenlauge vertragen, weil ich berufshalber tausendmal habe Seifenlauge schlucken müssen. Verstehen Sie das?«

August wußte nicht, was der ›Lohengrin‹ mit Seifenlauge zu tun habe, aber er nickte mit dem Kopf. Ihm war alles egal.

Nun war drinnen der zweite Akt zu Ende; die Leute strömten in den Restaurationsraum. Der kleine Dicke zog eine Visitenkarte aus der Tasche, überreichte sie Cyrill und sagte:

»Da ist meine Adresse! Es würde mich freuen, wenn Sie mich mit Ihrem Freunde morgen besuchten. Am besten zwischen elf und zwölf Uhr.«

Dann ging er.

Während des dritten Aktes saß August Stumpe wieder in seligen Schauern da. Es wurde ihm nicht mehr übel. Am Schluß nur, bei der Gralserzählung, rannen ihm heiße Tränen über die Wangen. Er klatschte keinen Beifall. Ganz still saß er noch, als die meisten Leute schon gegangen waren, und verließ als einer der letzten das Theater,

Leuchten in den Augen und einen Schimmer von Verklärung auf dem Gesicht.

In einem kleinen Vorstadthotel hatten Cyrill und August ein gemeinsames Zimmer inne. Der Dachdecker saß auf seiner Bettkante und träumte. Cyrill störte ihn nicht.

»Wie ein Gott hat er gesungen – wie ein Gott!«

Da meinte Cyrill:

»Lieber Freund, ich gebe Ihnen einen guten Rat; wenn wir morgen bei dem kleinen Doktor sein werden, sagen Sie kein Wort über die heutige Aufführung, kein einziges Wort!«

»Warum nicht?« fragte Stumpe.

»Weil es sich nicht ziemt, daß ein Anfänger in Gegenwart einer solch anerkannten Größe seine eigene kritische Meinung zum Besten gibt.«

»Das ist richtig!« sagte der Dachdecker. Nach einem Weilchen stand er auf.

»So hat er dagestanden!« sagte er in seliger Versunkenheit, »so die Augen ganz in die Ferne gerichtet nach Monsalvat, weit über alle Länder und Menschen hinweg. Und so hat er gesungen: ›Im fernen Land, unnahbar Euren Schritten, steht eine Burg, die Monsalvat genannt ...‹«

Und nun sang August Stumpe erst leise, dann mit immer vollerer Stimme die Gralserzählung, und Cyrill hörte ihm glückselig zu. Sein Schüler sang die Gralserzählung wirklich viel schöner als der Tenor auf der Bühne, und was den Dachdecker heut so begeistert hatte, war ja auch nicht die wenig hohe Kunst jenes Bühnentenors gewesen, sondern das Theater selbst, in das dieser begnadete Künstler als ein verbannter Königssohn zum erstenmal wie in eine Heimat gekommen war, in die er gehörte.

»Mein Vater Parsival trägt seine Krone, sein Ritter ich, bin Lohengrin genannt ...«

In einer Gloriole glühender Tonfarben sang der Dachdecker den Schluß der Gralserzählung.

»Ruhe dort drin! Die Herrschaften schlafen schon!«

Das war der Nachtportier.

»Nein!« brüllte ein Handlungsreisender, der im linken Nebenzimmer schlief, »er soll weitersingen. Der Mann singt großartig.«

Die Tür zum rechten Nebenzimmer öffnete sich; die Nachthaube einer alten Jungfer erschien, und eine Stimme flötete:

»O, Herr Portier, bitte, lassen Sie ihn weitersingen. Es ist himmlisch!«

»Nein«, sagte der grobe Portier, »es ist nicht himmlisch, sondern es ist Nacht. Die Leute wollen schlafen.«

Aus dem oberen Stockwerk rief einer grob die Treppe herunter:

»Was ist denn das für ein Radau da unten? Ruhe will ich!«

Das war August Stumpes erster Erfolg und Mißerfolg in der großen Stadt. »Publikum!« sagte Cyrill. »Publikum!«

Am nächsten Vormittag zwischen elf und zwölf Uhr war August Stumpes Schicksalsstunde. Der kleine Doktor hatte die beiden mit den Worten empfangen:

»Über gestern wollen wir nicht mehr reden. Wir wollen in diese Stimmung nicht zurückfallen. Ich habe mir den Arger in meiner Nachtkritik von der Leber heruntergeschrieben, und Ihnen ist, wie ich sehe, ja auch wieder besser.«

Er führte sie in ein schönes Musikzimmer.

»Sie sollen mir was erzählen«, sagte er; »von dem Musikleben in Altenroda sollen Sie mir was erzählen.«

Cyrill erzählte kurz und schlicht von der Gründung und Ausbildung des Quartetts.

»Wo und bei wem haben Sie studiert, Herr Dietrich?«

Cyrill gab Auskunft, und der Doktor brummte.

»Und da sitzen Sie in Altenroda? Was machen Sie denn da?«

»Ich warte auf eine Anstellung als Kapellmeister. Ich bin arm und muß bei meiner Tante wohnen, die meine einzige Verwandte ist. Einige Angebote habe ich gehabt; es waren aber so untergeordnete Institute, daß ich lieber in Altenroda weiter darbe. Ich habe auch eine Oper geschrieben.«

Der Doktor stand auf und unterbrach Cyrill.

»Oper geschrieben? Als Kapellmeister? Das ist nichts! Kapellmeister sollten nie Opern schreiben, Theaterdirektoren und Bühnenleute nie Dramen dichten. Wissen Sie, was das ist? Inzucht ist das! Kommen meist Wechselbälger heraus! Mache! Technik! Kulissenverwendung! Gebrauchsgegenstände pro loco! Nein! Ist nichts! Jeder bei seinem Fach! Ein General soll nicht zugleich Armeelieferant sein.«

Damit war Cyrill abgefertigt, und August Stumpe kam an die Reihe.

»Singen Sie mir was vor! Die Tonleiter!«

August Stumpe sang die Tonleiter auf do, re, mi …

»Na weiter! In die zweite Etage! Noch mal von unten an!«

Stumpe sang zwei Tonleitern.

»Also«, sagte der Doktor, »das war in ›a‹. Nun versuchen Sie es mal einen halben Ton höher, in ›b‹«.

Als August Stumpe sofort das »b« richtig traf, unterbrach ihn der Doktor und sagte:

»Gut! Ich weiß Bescheid! Nun singen Sie mir noch irgend etwas aus einer Oper. Was möchten Sie sich wählen?«

»Die Gralserzählung!«

Darüber machte der Doktor ein saures Gesicht. Diese Wahl mißfiel ihm. Aber er sagte:

»Meinetwegen. Nach der Seifenlauge gestern ...«

Und er schlug den Klavierauszug zum »Lohengrin« auf. August Stumpe sang. Nicht ganz so in Verklärung und Entzückung wie gestern Abend, aber doch gut.

Am Schluß sagte der Doktor; dem hinter der Brille die Augen funkelten:

»Also – das können Sie noch nicht. Selbstverständlich noch nicht. Aber in einem Jahre werden Sie es wahrscheinlich können. Nun, mein Lieber, das Dachdecken hört jetzt auf, und wenn es allen Bürgern in Altenroda in die Bude regnet. Und wenn in der Konditorei unter den Lauben der Kaffee verwässert, und wenn alle Journale im ›Löwen‹ verfaulen – das Dachdecken hört auf! Absolut und sofort! In einem Monat sind Sie hier. Ich werde für einige Mäzene sorgen, die Ihren Unterhalt bestreiten und Ihnen die geeigneten Lehrer verschaffen. Alles andere findet sich dann für Sie von selbst.«

Nach einigen Abschiedsworten waren die beiden entlassen.

Sie saßen in einer kleinen Weinstube. August Stumpe hatte ein knallrotes Gesicht. Er hatte Fieber. Seine Lebensstraße war plötzlich von glühweißem Sonnenlicht übergossen. Das blendete ihn, der so lange im Schatten gelebt hatte. Völlig verwirrt war er. Er tastete nach Cyrills Hand; die war eiskalt. Cyrills Aussichten auf eigenes Glück waren vernichtet. Der kleine Doktor hatte ihn fallen lassen, und der bunte Vogel, den er gezüchtet und gepflegt, auf den er seine Hoffnungen gesetzt hatte, flog davon.

August Stumpe versuchte ein Gespräch herbeizuführen, es mißlang.

»Lassen Sie mich!« sagte Cyrill verstört, »ich muß mich erst darein finden!«

»In was müssen Sie sich finden?«

Cyrill gab keine Antwort. Er sank in die Sofaecke der kleinen Nische, in der sie saßen, und schloß die Augen. Ganz ruhig saß er. Nur die Brust zuckte manchmal in innerem Krampf.

Der Kellner legte leise ein paar Zeitungen hin. Der Dachdecker sah eine Weile bestürzt und verängstigt auf Cyrill, dann glaubte er, der schlafe, und er blätterte vorsichtig, um kein Geknittere zu verursachen, in einer Zeitung. Da fand er die Nachtkritik des Doktors über die »Lohengrin«-Aufführung.

»In einer kleinen Dingsda-Stadt lebt ein Dachdecker, der musikalisch ist und durch einen Zufall zu einer sachgemäßen musikalischen Ausbildung gekommen ist. Dieser Mann wandte seinen kargen, auf halsbrecherischem Höhengeländ erworbenen Lohn an, um mal in unserer Oper den ›Lohengrin‹ zu hören. Der Unglückswurm geriet in die Aufführung, in der gestern Herr Edmund Tolschmusen auf Engagement als Lohengrin debütierte. Und dem musikalischen Dachdecker wurde schlecht. Man stelle sich vor: ein Dachdecker, ein reiner Tor, ein Hans Kuckindiewelt, einer, der auszog, um das selige Gruseln zu lernen, dem wurde schlecht, der mußte sich in die Retirade flüchten, weil Herr Edmund Tolschmusen so übererbärmlich sang, daß dem musikalischen Naivling die Magenwände rebellierten. Herr Edmund Tolschmusen soll mal nach Dingsda fahren und sich ein Konzert anhören, in dem der Dachdecker singt, damit er eine Ahnung kriegt, wie gesungen werden muß. Oder wenn er so viel Kunsteifer nicht aufbringt, soll er sich kurzerhand als Kikerikihahn auf einen Misthof vermieten. Vielleicht zieht unser Herr Intendant, der ihn zum Probesingen einlud, als Hühnerwärter gleich mit. Fürs Krähen und Gackern interessiert er sich ja sicherlich.«

Großstädter sind an solche deutliche und witzige Kunstkritiken ja gewöhnt; aber dem Kleinstadtmann verschlug's den Atem.

Mit entseeltem Gesicht starrte August Stumpe das Zeitungsblatt an. Er las die »Kritik« ein zweites und drittes Mal, spuckte, kratzte sich am Halse und an den Beinen und wurde nur immer verwirrter.

Himmelangst wurde ihm; als sei er verhext, so kam er sich vor. Was war denn das? Was bedeutete denn das? Der Dachdecker war ja doch wohl er selbst? Aber wer war denn der Kikerikihahn?

Cyrill Dietrich erhob sich plötzlich.

»Also, lieber Stumpe, ich bin wieder bei mir. Ich hoffe, ich werde darüber hinwegkommen. Stoßen Sie mit mir an. Ich gratuliere Ihnen aufrichtig und herzlich. Ich freue mich, daß ich der Kunst einen solchen Jünger wie Sie habe zuführen können. Sie werden nun bald ganz im Lichten sein, und ich werde in Altenroda Klavierstunden geben müssen. Ich sagte es Ihnen schon gestern – der eine erster, der andere dritter Klasse. Das ist nun mal so im Leben.«

Da faßte August Stumpe ein unsinniger Zorn, als ihm klar wurde, daß er aufsteigen, sein bisheriger Lehrer aber in der Tiefe bleiben solle. Er verschüttete sein Weinglas und sagte:

»Wissen Sie, was der Doktor ist? Ein Schuft! Wissen Sie, was er in seiner Zeitung geschrieben hat? Ich bin ein Tor, der Tenorist von gestern Abend ist ein Kikerikihahn. Und Sie läßt er sitzen! Und von mir sagt er, mir sei schlecht geworden, weil es im Theater so schlecht war; dabei ist mir schlecht geworden, weil es überaus herrlich war. Der Idiot! Ich gehe jetzt zu ihm und hau ihm eins in die Schnauze.«

Der zarte Cyrill bemühte sich ganz vergebens, den riesigen Dachdecker aufzuhalten. Der empörte Mann riß sich los und stürmte davon. Die Kellner wunderten sich sehr über diesen Gast.

Cyrill konnte nichts tun, als den Doktor telephonisch auf das vorbereiten, was ihm bevorstand. Ein kollerndes Lachen rollte Cyrillen durch den Telephonhörer als Antwort ins Ohr.

»Na, also, wenn er aufbricht, um einen Kritiker zu hauen, ist er ja doch der geborene Bühnenkünstler! Das ist eine neue Talentprobe. Lassen Sie ihn kommen! Und Sie, kommen Sie auch noch mal zu mir, Sie sind ja eigentlich der *spitius rector* von der ganzen Geschichte. Einer, der aus einer Dilettantensache so etwas machte, wie Ihr Quartett, der ist ja sicher ein Kapellmeister. Der muß intelligent und vor allem sehr fleißig sein. Fleißig – das ist eine gute Eigenschaft für einen Kapellmeister. Nur das eine tun Sie sich selbst zu Gefallen: sagen Sie niemand, daß Sie eine Oper komponiert haben.«

Nach einer Stunde saßen Cyrill und August wieder zusammen.

August Stumpe hatte ein friedliches Gesicht.

»Na«, sagte er, »es war ganz nett. Gehauen haben wir uns nicht. Ich habe ihm bloß ordentlich meine Meinung gesagt, daß es gestern im Theater großartig war, und daß mir so schlecht geworden ist, weil es eben so großartig war. Und da hat der Doktor so gelacht, daß ich dachte, er erstickt. Aber dann hat er gesagt: ›Stumpe, Irren ist menschlich. Ich habe mich in Ihnen geirrt. Wenn Sie mir gestern abend das gesagt hätten, was Sie mir jetzt sagen, hätte ich Sie nie und nimmer eingeladen. Ich hielt Sie aber für ein psychologisches Monstrum. Stumpe, Sie sind kein Monstrum. Doch ein guter Sänger können Sie werden; das habe ich inzwischen festgestellt. Und so bleibt alles beim alten, und Ihren Meister Cyrill werde ich auch unterbringen. Ich hab' schon was für ihn in Aussicht.«

Schön wurde es in der kleinen Weinstube! Nachmittags um vier machten Cyrill und August Bruderschaft.

Darauf ging August Stumpe an einen Kellner heran, zerrte ihn am Ärmel in eine Ecke und sagte:

»Ach, verzeihen, Sie, Herr Nachbar, können Sie mir sagen, wieviel eigentlich so eine Flasche Champagner kostet?«

Der Kellner grinste.

»Das kommt auf die Marke an. Französischer Sekt etwa achtzehn Mark.«

»Warten Sie mal!« sagte August Stumpe, zog sein Portemonnaie heraus, zählte sein Geld, rechnete umständlich auf einem Zettel mit Bleistift etwas aus und sagte dann:

»Es langt! Bringen Sie eine!«

Der Kellner berichtete am Büfett, daß ein solch ländlicher Blödling, wie dieser Gast war, der den Sekt bestellte, noch in keiner Weinstube der Welt aufgetaucht sei. August und Cyrill aber saßen sich glückselig gegenüber, nannten sich du, hatten miteinander und durcheinander gesiegt. Und einmal bückte sich August schnell nieder und küßte dankbar Cyrills feine weiße Dirigentenhand.

Als die beiden nach Altenroda heimkamen, fand jeder auf seiner Stube eine gedruckte Mitteilung vor, die niederschmetternd war.

Der Apotheker zeigte die Verlobung seiner einzigen Tochter Sabine mit dem Provisor seiner Firma an.

Sie waren mit dem Abendzug spät eingetroffen. Nun kam eine trostlose Nacht. Jeder war einsam für sich mit seiner Verzweiflung.

Jeder saß vor dem schrecklichen kleinen Blatt, das den Verlust des Liebsten auf der Welt kundtat; jeder hatte wildes Weh im Herzen; jeder war vom Himmel in die Hölle gefallen.

Was war der herrlichste Weg, der sich wie durch ein Wunder erschlossen hatte, wenn das selige Ziel, zu dem er führen sollte, für immer verschwand?

Das Naturkind, den Dachdecker, packte es am schlimmsten. Er dachte an nichts weiter, als daß es aus sei mit aller Lebenshoffnung, daß er nie mehr singen würde, daß er sterben müsse.

Gegen Mitternacht hielt es August nicht mehr aus in seiner Einsamkeit. Er wußte niemand, dem er sich anvertrauen konnte, als Cyrill. So verließ er das Haus, um, wenn es möglich wäre, noch zu Cyrill zu gelangen. Und August begegnete Cyrill auf der menschenleeren, nächtlichen Straße.

Sie erschraken vor einander.

»Ich wollte zu dir!«

»Und ich zu dir!«

Cyrill erkannte blitzschnell, wie es um den Dachdecker stand; der Natursohn ahnte von dem andern auch jetzt noch rein nichts. Er war nur von seinem eigenen Herzeleid überwältigt, fiel Cyrill um den Hals und begann laut zu schluchzen. Wie weichmütig war doch dieser starke junge Mann!

Cyrill stand steif und still. Wie ein Steinbild stand die feingliederige Gestalt, an die sich der weinende Riese lehnte.

»Komm mit mir!« sagte er erst nach einer ganzen Weile. Sie gingen durch den Frühlingssturm. Wolken jagten über ihnen, löschten alte Sterne aus und enthüllten neue Sterne.

In Cyrills Stube saß der Dachdecker auf dem kleinen roten Plüschsofa. Er saß mit gefalteten Händen und sagte mit ernster Feierlichkeit in der Stimme:

»Cyrill, du bist mein Freund geworden. Dir allein kann ich mich anvertrauen. Ich kann nicht mehr leben. Ich kann es nicht ertragen, daß Sabine einem andern gehört. Ich muß sterben. Aber ich habe noch eine alte Mutter. Die ist fromm. Die würde es nicht überleben, wenn der Sohn so ein – ein Selbstmörder wäre. Sie würde glauben, daß mich dann der liebe Gott auf ewig verwirft.«

Er machte eine Pause. Cyrill saß ihm schweigend und düster gegenüber.

»Ich habe die Sabine zu sehr geliebt«, fuhr der Dachdecker fort. »Ich habe die ganze Sache beim Quartett nur ihretwegen mitgemacht; ich habe auch bloß ihretwegen zur Oper gewollt. Das ist nun alles aus. Cyrill, du weißt, ich habe einen gefährlichen Beruf. Wenn du nun mal hörst, der August Stumpe ist abgestürzt, da weißt du Bescheid. Du sollst es wissen, sonst soll es niemand wissen, vor allen Dingen nicht meine Mutter. Aber eine soll es noch wissen – Sabine! Der sollst du es einmal heimlich sagen. Sie soll wenigstens einmal eine halbe Stunde um mich leiden.«

Cyrill sagte auch jetzt noch nichts. Er setzte sich an sein altes Klavier und begann ganz leise zu spielen. Der Dachdecker lag lang auf dem Sofa. Was sich bei ihm in naturwüchsiger Heftigkeit entlud, ging in stiller Qual auch durch Cyrills Seele. Der spielte wohl eine Stunde und länger. Dann stand er auf. Er war sich seiner Dirigentenpflicht bewußt geworden. Er durfte nicht dulden, daß jener andere dort die schöne Symphonie seines Lebens umwarf und vernichtete. Er war wie jener in Irrnis und Wirrnis, aber er war der berufene Führer, der den andern befreien mußte.

Cyrill zog eine Schublade auf, nahm ein Notenblatt heraus und legte es vor August Stumpe hin.

»Da – lies das!«

Der starrte erst geistesabwesend auf das Blatt. Als er aber den Namen Sabine sah, griff er gierig zu.

»Daß ich dich liebe ...« – »Sabine gewidmet.«

Und er las den Text. Verwirrt fragte er.

»Was bedeutet das? Ist das Lied von dir?«

»Ja.«

»Und es ist auf Sabine gemacht? Dieses Liebeslied?«

»Ja«.

Der Dachdecker sprang auf.

»Dann hast du ja auch – du auch ...«

Seine Augen glommen feindselig, seine Fäuste ballten sich. Cyrill stand ganz ruhig da.

»Ja, ich habe sie auch geliebt. Ebenso sehr wie du. Und bin nun ebenso um mein Glück betrogen wie du.«

»O Gott! – O Gott!«

Der Dachdecker sank auf das Sofa zurück.

»Und – und was wirst du tun?«

»Ich werde mir nicht das Leben nehmen. Ich habe eine andere Ansicht von dem, was ich noch im Leben zu tun habe, eine andere Ansicht von der Kunst als du. Gewiß, ich habe jenes Mädchen geliebt, aber ich liebe noch viel mehr die Musik. Der werde ich treu bleiben; die wird jetzt meine Braut sein. Die ist jeden Tag schön, jeden Tag lieb, jeden Tag tröstlich, jeden Tag die beste Gefährtin. Die wird nie alt.«

»Ja du – ja du!« rief der Dachdecker leidenschaftlich. »Du bist ein großer, gelehrter Künstler. Ich bin ein Stümper, ein Anfänger. Außerdem, was ich von dir kann, kann ich nichts. Für mich ist's aus!«

»Für dich ist's nur aus, wenn du ein ganzer Narr bist! Du bist ein Anfänger. Aber in zwei Jahren wirst du schon an erster Stelle stehen und ich an einer zweiten oder dritten Stelle. Wer weiß, ob ich je eine erste Stelle erreiche. Aber selbst das, was ich bin und was ich kann, werfe ich nicht weg um das schöne Gesicht eines Mädchens.«

August Stumpe saß ganz still da. Nach einiger Zeit sagte er:

»Cyrill, du bist mein Freund, der einzige wahre Freund, den ich habe. Du bist hundertmal klüger als ich. Dir werde ich folgen.«

»Sieh«, sagte Cyrill, »wir sind wirklich Freunde. Als uns heute unerwartet dieses Unglück traf, lief einer zum andern in seiner Not. Und wir begegneten uns mitten in der stürmischen Frühlingsnacht. Das hat was zu bedeuten! Wir sollen beieinander bleiben.«

»Ja, das sollen wir«, rief August Stumpe. »Das sollen wir! Ich werde alles tun, was du willst!«

Da hatte die Dirigentenseele Cyrills eine zarte Freude über den gefügigen Sänger.

»Ich will ganz aufrichtig zu dir sein«, sagte Cyrill; »du warst mir anfangs auch nur ein Mittel zum Zweck. Ich erkannte deine Begabung und sagte mir, durch dich könne ich wohl selbst zu etwas kommen. Und so ist es ja auch geworden, wenn auch etwas anders, als ich es anfangs dachte. Wir sind uns auf dem Lebenswege begegnet, und ich glaube, es war für beide ein Glück. Und wenn es nun mit Sabine so ganz anders gekommen ist, als wir beide es wünschten – jeder ganz für sich selbst – so ist doch in dem Unglück das Glück, daß wir beide Freunde bleiben können.«

»Ja, richtig«, rief August Stumpe, »wenn ich die Sabine bekommen hätte, dann hätte ich ja dich wohl verloren. Und umgekehrt auch. Und das wäre schrecklich gewesen.«

»Ja«, sagte Cyrill, »und nun wollen wir beraten, was zu tun ist.«

Um vier Uhr früh ging der Dachdecker nach Hause und fing sofort an, seine Sachen zusammenzupacken. Um neun Uhr hoben die beiden Freunde ihre Sparkassenguthaben ab. Um zehn schickten beide einen Blumenstrauß mit einer kurzen Gratulation nach der Apotheke.

Gegen Abend verließen Cyrill Dietrich und August Stumpe Altenroda. Ein Bote brachte einen Brief in die Apotheke:

»Sehr geehrter Herr Apotheker!
Mein Freund August Stumpe hat Aussicht, bei der Oper anzukommen; ich werde wahrscheinlich eine Kapellmeisterstelle erhalten. Wenn Sie diesen Brief lesen, haben wir beide Altenroda bereits verlassen. Einen Abschiedsbesuch wollten wir nicht machen, um das Glück der jungen Braut nicht zu stören. Wir danken Ihnen für die in Ihrem Hause empfangene Gastfreundschaft und wünschen, daß es Ihnen gelingen möge, die durch unseren Fortzug im Quartett Altenroda leergewordenen Plätze neu zu besetzen.

Cyrill Dietrich.«

Über diesen Brief war sich der Apotheker noch nicht im klaren, als er in Zorn und Schmerz bereits die dritte Flasche Burgunder getrunken hatte.

Das Sabinchen lag im Bettchen und flennte. Es waren so nette Leute gewesen, der Cyrill und der Dachdecker. Und so schöne Musik hatten sie gemacht. Eigentlich waren sie netter als der Provisor, den sie bloß nahm, daß die Apotheke später nicht in fremde Hände kommen sollte. Jetzt würden die beiden berühmte Künstler werden in der großen Stadt. Und sie mußte in Altenroda versauern.

Sabinchen flennte.

Und über allem Flennen schlief sie ein, das herzige Köpfchen auf den molligen Arm geschmiegt.

Ein kleiner Gott saß auf dem Bettende. Er lächelte ein wenig spöttisch und wunderte sich gar nicht, als auch das Sabinchen im Schlaf plötzlich mit dem Flennen aufhörte und zu lächeln begann. Der kleine Gott wußte: jetzt träumt sie von dem schönen Brautkleide, das sie haben wird. Das ist ihr die Hauptsache. Und das hat sich doch gut gemacht, daß die keine Künstlerfrau geworden ist. Inzwischen trug der Schnellzug Cyrill Dietrich und den Tenoristen August Stumpe fort aus dem Musikleben Altenrodas ins Leben der großen Welt.

Der Schuldturm

Drei alte Mären

Es gäbe eine dicke Chronik, wenn einer die Geschichte des Schuldturmes von Altenroda aufzeichnete. Denn ob Altenroda auch immer nur eine geringe Stadt war, seine Bewohner waren allzeit ein helles Völklein: voll Biederkeit, aber manchmal, wenn des Teufels Stern regierte, auch voller Grausamkeit. Drei Stücklein sollen hier erzählt werden: das traurige Schicksal des Meisters Michael, die Geschichte vom törichten Kaspar und die Abenteuer des Köhlers vom Eulenwalde, der ein kurioser Mann war, aber doch auch seine bitteren Erfahrungen mit dem Altenrodaer Turme machte.

Das traurige Schicksal des Meisters Michael

Das war in rotgoldener Herbstzeit, am Tage Michaeli, als ein Wandersmann mit leichtem Ränzel den Ochsenkopf, der südlich die Stadt Altenroda überragt, herunter stieg und an der Wegbiege, wo das Bild des heiligen Michael steht, Halt machte. Von dort aus überschaut man die ganze Stadt, samt dem Eulenwalde, der grünen Aue und der Poststraße, die in die Ferne führt.

Der Wanderer, der aus dem Dunkel der Bäume trat, und plötzlich das schöne Bild vor sich sah, breitete die Arme aus, ein Beben lief über seine junge Gestalt, und die braunen Augen wurden feucht. Wohl öffneten sich auch die Lippen, sie brachten aber kein Wörtlein hervor. Hätten sie sprechen können, es wäre ein einziger Schrei gewesen: »Heimat! Liebe Heimat!« So sank der Jüngling ins Herbstgras, lehnte den hübschen Kopf an den Sockel des Heiligenbildes und sah in wortloser Seligkeit hinunter auf seine Vaterstadt.

Er war lange fort gewesen, über acht Jahre. Als er auszog in die Welt, war er ein zweiundzwanzigjähriger Jüngling, und jetzt war er ein Mann. Gestern war er dreißig Jahre alt geworden und heute war sein Tauf- und Namenstag: Michael. Am längsten war Michael drunten in der Stadt Nürnberg gewesen; dort hatte er alle Wunder geschaut, die von Malern und Zeichnern, Kupferstechern und Goldschmieden, Baumeistern und Gießern verrichtet worden waren. Und nun war Michael selbst ein Meister in der Kunst der Uhrmacherei geworden. Sein großes Uhrwerk, das er in dreijähriger Arbeit in Nürnberg geschaffen hatte, war von den dortigen Meistern mit höchstem Lobe bedacht und von der Volksmenge bestaunt worden; der Abt eines reichen Klosters hatte es für gutes Gold erworben, und es hatten sich nun allerhand mächtige und reiche Herren gefunden, die geneigt waren, den Meister Michael in ihre Dienste zu nehmen, sogar des Bayern Kurfürstliche Gnaden und der hochwürdigste Herr von Bamberg. Michael aber, dem das Geld des Abtes reich im Beutel läutete und dem etwas anderes noch viel schöner im Herzen klang, sagte den Herren ehrerbietigsten Dank und begehrte Urlaub, erst einmal in seine ferne Heimat zu reisen.

Da saß er nun bei der Bildsäule des Michael und sah hinunter auf die liebe Stadt, die ihm draußen in der Ferne tausendmal im Wachen und Schlafen erschienen war. Jetzt sah er sie wirklich vor sich, jetzt brauchte er nur ein paar hundert Sprünge zu machen, dann war er mitten drin in der Heimat.

Aber er blieb sitzen. Es war eine große Scheu in ihm; die Stimme war ihm so verschlagen, daß er jetzt denen drunten keinen rechten Gruß hätte sagen können.

Auf der Straße fährt der Postwagen mit seinem Gepäck. Das wird eher da sein als er; wird ihn wohl unten schon anmelden.

Verspätete Schwalben ziehen nach Süden. Wie können sie fortfliegen von Altenroda? Ist es nicht besser, hier zu frieren, als anderwärts in Sommer und Sonne zu sein? Eine warme, wonnige Stunde verrinnt noch.

Da – wer kommt den Berg herauf – wem geht er entgegen wie ein Taumelnder – welch süßes Traumbild umfängt sein Blick?

»Elisabeth!«

Sie hängt leise weinend an seinem Halse, und er steht da und atmet schwer, und er schaut empor und sieht nichts als lauter Himmel.

Als er ihr ins Auge schaut, weiß er: Treue und Reinheit hat sie bewahrt durch acht lange Jahre.

»Ist es wahr?« fragt er endlich.

»Ja! Komm heim!«

Der Ruf von Michaels Meisterschaft war nach Altenroda gedrungen, und die Stadt war stolz darauf, daß einer ihrer Söhne sich in der großen Welt solchen Ruhm erworben hatte. So wurde nun Michael mit allen Ehren aufgenommen; jedermann wollte sein Freund und Gevatter sein, und der Tuchkaufmann Degener hörte auf, seiner Tochter Elisabeth zu zürnen, daß sie auf den fahrenden Gesellen acht Jahre gewartet hatte. Da des Mägdleins Truhe gefüllt und der Hausrat gerichtet war, wurde die Hochzeit schon einen Monat später mit viel Feierlichkeit und fröhlichem Gepränge und Gespiel begangen. Eine Bedingung hatte der Schwieger für Einwilligung in so rasche Ehe jedoch gestellt. Er war Ratsherr, und also brachte er selbst an Meister Michael den Wunsch des Rates der Stadt, welcher folgender war:

»Michael, du bist ein großer Meister der Uhrmacherkunst. Du sollst für deine Vaterstadt eine Uhr erbauen, wie sie keine Stadt im ganzen Deutschen Reiche besitzt. Der Ruhm Altenrodas soll überall im Lande bekannt werden, und viele Fremde sollen kommen und deine Wunderuhr anstaunen. Nachdem die Bürger von Altenroda in harten Kämpfen mit den Rittern von Runkelstein diesen den Eulenwald und die grüne Aue wieder abgenommen haben, erfreut sich die Stadt solchen Wohlstandes, daß sie dich für deine Arbeit ebenso reich entlohnen kann, wie ein fürstlicher oder geistlicher Herr.«

Da sprach Meister Michael: »Ich hab' ein groß Werk im Kopfe. Wenn ich es mit der Gnade Gottes zu gutem Ende führe, wird eine Uhr entstehen, wie sie keine Stadt im Deutschen Reiche besitzt, ja nicht einmal der König von Spanien oder der Papst zu Rom. Und ich wüßte niemand, dem ich die Uhr lieber vergönnen würde, als der ehrenhaften Stadt Altenroda, die meine liebe Heimat ist.«

Als diese Worte bekannt wurden, war große Freude in Altenroda, und das Lob Meister Michaels war in aller Munde.

Sieben Jahre baute Michael an der Uhr. Er versenkte sich ganz in sein Werk, ging sehr selten unter Menschen, was ihm wohl den Ruf eines fleißigen Meisters, aber auch eines sonderbaren, wenn nicht gar hochmütigen Menschen einbrachte. Frau Elisabeth allein war seine stille Genossin. Sie hatte keine Kinder, aber sie war selbst wie ein stilles Kind, dessen Gegenwart auch dann den Meister nicht störte, wenn er tief im Grübeln war, wenn er rechnete, maß, zirkelte, probierte, wenn er mit kunstgeübter Hand Rädchen feilte, geheime Federn spannte oder Wellen einsetzte.

Nach sieben Jahren, just wieder am Michaelisfeste, war die Uhr fertig und in den Rathausturm eingebaut. Vier breite Abteilungen lagen übereinander. Die oberste und größte zeigte die Allmutter, die Sonne. Um die Sonne drehte sich die Erde und um die Erde der Mond. Und es waren nicht nur die Stunden und Minuten zu sehen, wie bei jeder Uhr, sondern auch Tag und Jahr waren verzeichnet und sollte selbst in einem Schaltjahr niemals ein Irrtum im Datum vorkommen. Sodann gab die Uhr die Mondviertel an und sollte auch in hundert Jahren noch alles damit stimmen. An der Umdrehung der Erde um die Sonne waren die vier Jahreszeiten zu erkennen und konnte jedermann deutlich sehen, in welchem Winkel die Sonnenstrahlen auf die Stadt Altenroda fielen, deren Platz auf dem Globus durch einen glitzernden Demantstein bezeichnet war.

In der zweiten Abteilung waren Licht und Nacht verkörpert als die Symbole von Gut und Böse. Im linken und rechten Seitenfelde lauerten Satanas und andere Geister der Finsternis. Öffnete sich aber am Morgen das Mitteltor, dann erschien Michael, der lichte Sieger des Himmels. Seine strahlenden Augen waren auf die Stadt gerichtet, deren Schuhpatron er war, auf silbernem Schilde standen mit goldener Schrift die Worte: »Quis ut deus?« Wer ist wie Gott? Sein Schwert war ein flammender Blitz. Wenn St. Michael erschien, schön wie der junge Tag, dann verkrochen sich Satanas und die andern Geister der Finsternis in die tiefsten Schatten. Um Mittag erschienen auf dem dritten Felde würdevoll einer nach dem andern die zwölf Apostel: Petrus mit den Schlüsseln des Himmelreiches, der greise, gebückte Andreas mit seinem Kreuze, Jakobus mit der Keule, der zarte Johannes, der Liebling des Herrn, und so die ganze Reihe durch, bis Judas mit dem Geldsack die heilige Reihe unheilig abschloß.

Auf dem untersten Felde kamen zur Abendzeit die heiligen drei Könige gegangen. Man sah ihnen an, daß ihr Weg ein weiter gewesen war. Müde ließen sich die Kamele am Halftergurt ziehen. Aber die drei Männer, die das Heil der Welt suchten, schauten gläubig und mutig gerade aus. Und siehe, ihr Ziel war nahe. Ein Stern senkte sich auf ein niederes, mit Stroh gedecktes Haus und blitzte golden auf. In das Strohhaus gingen die Weisen aus dem Morgenlande hinein. Der Stern aber leuchtete wie ein ewiges Lämplein die ganze Nacht. Damals sagten die Mütter von Altenroda, wenn die Kinder nicht schlafen wollten: »Pst! Am Rathaus hat das Christkindlein schon sein Licht angezündet!« Dann huschelten sich die Kleinen ins Bettchen und schliefen artig ein.

Zur Mitternacht aber, wenn die Sterne feierlich flimmerten oder auch, wenn der Sturmwind die Wolken jagte, erklang vom Turme die Weise eines Chorals, der in Altenroda damals gesungen wurde:

> Herr über Tag und Nacht,
> Herr über Schlaf und Nacht,
> Herr über Glück und Not,
> Herr über Leben und Tod,
> Herr über alle Zeit –
> Preis dir in Ewigkeit!

Als dieses Wunderwerk einer Uhr der Stadt übergeben wurde, geriet alles vom Bürgermeister und Ratsherrn an bis zum ärmsten Werkelmann und bis zum kleinen Jungen in einen Taumel von Freude. Vom frühen Morgen, als St. Michael erschien, bis über den Mittag der zwölf Apostel hinweg stand die Menge vor dem Rathause; sie stand noch, als die drei Weisen am Abend müde Einkehr hielten; sie wich nicht vom Platze, bis um Mitternacht der Choral ertönte:

> Herr über alle Zeit,
> Preis dir in Ewigkeit!

Der Gesang brauste zum sternklaren Himmel, und es zeigte sich, welch gewaltiger Prediger ein wahrer Künstler sein kann; denn als die Uhr sang und als die Menschen sangen, da ging eine tiefe Erschütterung durch alle Seelen; Tränen flossen, Männer schluchzten; alles Niedere fiel ab vom Volke; Meister Michael hob die Herzen mit seinen Händen bis an den Himmel.

Freudentage folgten. Wie ein König ging Michael durch seine Heimatstadt, und neben ihm blühte als schlichte Blume Frau Elisabeth an seinem Wege.

Meister Michael war nach der Menschen Meinung auf dem Gipfel des Glückes angelangt. Der Rat der Stadt hatte freiwillig die ausbedungene Summe für die Uhr zu des Meisters Ehr und Nutzen weit erhöht; der Schwiger war gestorben und hatte der einzigen Tochter sein schönes Patrizierhaus und sein stattliches Vermögen hinterlassen. Michael besaß alles, was nach der Menschen Meinung erstrebenswert ist: Ruhm, Geld, Liebe. Dazu war er gesund und schien wie ein kerniger Baum im Walde.

Ein Jahr lang ruhte der Meister von seiner Riesenarbeit aus. Dann aber wurde er unruhig. Zwecklos erschien ihm das Leben; öde und leer schleppten sich die Tage dahin. Auch seine Frau vermochte nicht, ihn zu trösten. Sie war kein Spielzeug, und er war nicht der Mann, um zu spielen. Immer mehr wuchs in ihm der Durst nach Arbeit. Zuletzt marterte er ihn Tag und Nacht. Michael saß einsilbig bei seiner Frau, er war mißmutig gegen die Freunde, die ihn besuchten; er wurde zornig, wenn jemand die Uhr als sein großes Lebenswerk pries. Schließlich griff die schlechte Seelenstimmung auch den Körper an. Müde ging Michael einher, er hatte keine Freude an Speise und Trank, und selbst in das schönste Abendrot sah er mit leeren Augen.

Qualvoll waren die Nächte. »Was schlafe ich denn, da ich doch nichts getan habe, da ich doch nicht müde sein kann?« fragte er sich. Wenn der Choral vom Turme klang, hielt er sich die Ohren zu. Schließlich haßte er sein eigenes Werk. Er ging nie wieder an der Uhr vorüber, sah die Kinderschar nicht, die dort hockte wie vor einem wunderbaren Spielzeug.

Spielzeug! Jawohl, das war es: ein kunstvolles, sauber gearbeitetes, frommes Spielzeug. Sonst nichts! Eines Mannes, eines Meisters nicht würdig. Kein Werk, neben dem die eigene Seele in Dankbarkeit vor Gott, der es gegeben hat, niederkniet. Nur ein artiges Spielzeug! Kein Meisterwerk!

Der Gram fraß an Meister Michael, und die Quelle all dieses schweren Mißbehagens war seine Untätigkeit. Was sollte er tun? Tand fabrizieren für Stutzer und eitle Weiber? Kleine Kirchengeräte schaffen, die jeder andere auch recht gut machen konnte? Bürgermeisterketten erfinden, Krummstäbe ziselieren, Schnallen an Herzogsmäntel machen, Degengriffe für Erbgrafen, Wappen für Ritter, die nicht lesen konnten?

Nein! In solchen Kleinkram fand sich Michaels Seele nicht zurück. Sein Gedanke war immer und immer nur die Uhr. So hineingreifen ins All, die Blicke der Sonne belauschen, aufhorchen, wie sich die Erde langsam durch das Universum rollt, und jede Sekunde wissen, wo sie gerade ist, die Schrittlein abmessen, die der Mond um die Erde macht, und den alten Nachtwandler auch nach Hunderten von Jahren noch genau zur Stunde ertappen mit halbem oder ganzem Gesicht – ja, das alles hatte er schon vermocht. Ach, er mußte darüber hinaus! Das Firmament, oder doch ein großer sichtbarer Teil! Den Abendstern aufleuchten und als Morgenstern wiederkehren lassen, den roten Mars bringen und den königlichen Jupiter, den Himmelswagen fahren und den Polarstern als unverrückbaren Punkt darüber leuchten lassen, die Plejaden, den Orion auf- und untergehen lassen, dem armen Menschen sagen: sich, so Gewaltiges ist über dir und um dich, und du bist so klein, und es ist alles in großer, ewiger Ordnung, und nur dein armes kleines Herz kannst du nicht in Ordnung bringen. Das war Michaels Traum.

Frau Elisabeth versuchte mit sanfter Hand die Fieber des Mannes zu kühlen – es gelang ihr nicht. Trübsinnig wurde der Meister, zuletzt war er krank.

Aber eines Tages, nachdem er vom Morgen bis Abend draußen im Eulenwalde ganz einsam gewesen war, kam er lachend zurück, umarmte sein Weib und sagte:

»Elisabeth, ich habe es zwar noch nicht, aber ich ahne es. Und da ich es ahne, werde ich es eines Tages wissen, und dann wird es sein!«

Ja, eines Tages wußte er sein neues Werk. Er sprach zu niemand davon, nicht einmal zu seiner Frau. Und er ging auf eine weite Reise. Als er zurückkam, sagte er: »Elisabeth, ich war in Wien. In der Kaiserstadt. Ich habe dort gute Aufnahme gefunden. Nun wollen wir nach Wien ziehen, und dort werde ich mein neues Werk schaffen. Es wird anders sein als das von Altenroda.« Zu den Vätern der Stadt aber sprach Meister Michael also:

»Ihr Herren, ich habe für unsere Stadt eine Uhr geschaffen, die euer Lob gewann. Ich bitte euch, daß ihr mich nun in Frieden entlasset. Ich will nach Wien gehen und dort eine neue Uhr schaffen, die mein Meisterstück werden soll.«

»Dein Meisterstück?« fragte der Bürgermeister finster; »hast du nicht für uns dein Meisterstück geschaffen?«

»Ach, edle Herren, ich habe noch nicht das Höchste getan, das ich vermag. Eure Uhr ist – wenn ich das ohne Überhebung sagen darf – meine gute Gesellenarbeit; das Meisterwerk aber steht noch aus. Lasset mich nach Wien ziehen, damit ich es dort schaffe.«

Da entließen die Ratsherren den Meister, beriefen ihn aber am nächsten Tage aufs neue.

»Meister Michael«, sagte der Bürgermeister, »du hast uns eine Uhr geschaffen, die ohnegleichen ist. Wir haben Vertrag mit dir gemacht, daß es die schönste Uhr in allen deutschen Landen sein soll. Das ist sie bis jetzt; nichts geht über sie. Der Ruhm dieses Kunstwerkes und damit dein Ruhm und der Ruhm deiner Vaterstadt geht durch das ganze Land. Willst du uns diesen Ruhm nehmen, willst du deinen Vertrag brechen?«

Da weinte Meister Michael und sagte:

»Ihr Herren, verachtet mich, hasset mich, nennet mich undankbar, ehrvergessen der großen Wohltaten, die ich durch euch empfing – ich kann nicht anders, ich muß mein Werk verrichten, ein Werk, das Altenroda nicht ertragen könnte. Lasset mich um der Barmherzigkeit Gottes und um der Kunst willen in Frieden nach Wien gehen und dort mein Werk tun!«

Bürgermeister und Ratsherrn blickten düster, entließen den Meister und beriefen ihn auf den nächsten Tag. Sie legten ihm eine Schrift vor und begehrten strenge von ihm, daß er sie unterzeichne. Die Schrift lautete:

»Ich, Meister Michael Grünhuber, schwöre bei Gott, bei meiner Seligkeit, bei der Ehre meiner Frau, bei der Ehre meiner Mutter und bei meiner eigenen Ehre, daß ich, solange ich lebe, niemals ein Uhrwerk anfertigen werde, das der Uhr in meiner Vaterstadt Altenroda gleichkäme oder sie gar überträfe.«

Der Meister weigerte die Unterschrift. Er bat, er weinte, schrie und wurde schließlich in den Turm abgeführt.

Dort saß er drei Jahre. An jedem dritten Tage wurde ihm die Schrift wieder vorgelegt und ihm sofortige Freiheit in Aussicht gestellt, wenn er sie unterschriebe.

Einmal wurde er der Haft entlassen. Da lag Frau Elisabeth im Sterben. Er bettete ihr müdes Köpfchen an seine Brust, sog mit einem langen Kusse ihre entfliehende Seele auf und bestattete sie zu Grabe. Dann mußte er in den Turm zurückkehren.

Fünf Tage nach Elisabeths Begräbnis unterschrieb Michael das Dokument des Rates der Stadt.

So wurde er aus der Haft entlassen und ging, ohne einen Menschen anzusehen, nach seinem Hause.

Er lebte still drei Monate dahin und verließ das Haus nur, um Blumen auf Elisabeths Grab zu tragen.

Im vierten Monat wollte der Meister nach Wien entfliehen. Unter dem Wams trug er den großen Plan zu seinem Meisterwerk, den er in drei Kerkerjahren ausgedacht und in drei Monaten seiner Freiheit aufgezeichnet hatte.

An der Grenze des Stadtgebietes wurde er gefangen.

Der Rat der Stadt erkannte den Meister Michael Grünhuber schuldig des Vertragsbruches, schuldig des Meineides, womit er gefrevelt habe gegen Gott, gegen seine Seligkeit, gegen die Ehre seiner Frau, gegen die Ehre seiner Mutter wie gegen seine eigene Ehre, erklärte ihn für schimpflich und aller bürgerlichen Ehre verlustig und verurteilte ihn zur Strafe der Blendung, damit es ihm nie wieder einfalle, seinen Vertrag zu brechen und die Stadt Altenroda des Ruhmes zu berauben, die beste Uhr in deutschen Landen zu besitzen.

Es geschah.

Meister Michael wurde des Lichtes beider Augen beraubt. Sein Vermögen wurde eingezogen.

Als Bettler zog Michael von Tür zu Tür. Manchmal machte er Halt dort, wo er wußte, daß im Ratsturme seine Uhr war. Den Lichtengel Michael konnte er nicht mehr sehen, die zwölf Apostel nicht mehr, die heiligen drei Könige nicht mehr; das ewige Lämplein über dem Stall von Bethlehem sah er nicht mehr. Nur in der Nacht sang der Choral in seine arme Seele.

Als Michael aber einmal tagelang vor der Uhr stand und gespannt auf ihren Schlag lauschte, fragten die Bürger: »Was hat er? Was ist's um die Uhr?«

Da sagte der Blinde:

»Die Uhr gerät in Unordnung. Führt mich noch einmal hinein.«

Sie taten nach seinem Willen.

Mit blinden Händen tastete sich der Meister in sein Werk. Als er herauskam, ging die Uhr nicht mehr.

Alles Volk war so erschrocken, daß niemand darauf achtete, wie der Blinde entwich.

Kein Mensch hat jemals wieder etwas von ihm gehört. Die Uhr aber geht nicht bis auf den heutigen Tag. Kein Künstler späterer Zeit hat sie wieder zum Leben zu erwecken vermocht.

Vom törichten Kaspar

Seit Jahrhunderten lebte die Stadt Altenroda in Fehde mit den Rittern von Runkelstein. Diese hatten südlich der Stadt, etwa zwei Wegstunden entfernt, ihre feste Burg und beunruhigten von da aus nicht nur die Kaufleute, die auf der Poststraße gen Altenroda fuhren, sondern fielen auch des öfteren keck in städtischen Besitz ein. Da gab es Hader und Fehde oft jahrelang, bis beide Parteien den Zank satt hatten. Dann wurde Friede geschlossen. Die Ritter brachten ihren Kaplan mit, den einzigen, der in ihrem Burgbereich lesen und schreiben konnte, und auf dem Rathause zu Altenroda wurde alles verhandelt, genehmigt und unterschrieben, von den Rittern durch drei Kreuze mittels eines Pinsels und roter Tusche, da sie einen Gänsekiel in ihren Fäusten nicht zu erfühlen und zu halten vermochten. Es handelte sich in den meisten Fällen um Waffenstillstand auf neun Jahre.

Die Hauptsache bei diesen Friedensschlüssen waren die darauffolgenden Trinkgelage, bei denen die Ritter den vortrefflichen Weinen, die im Ratskeller von Altenroda lagen, so viele Ehre antaten, daß sie in den meisten Nächten in ganz leblosem Zustande nach ihren Herbergen gebracht werden mußten. Mit der Zeit kamen diese Friedensfeste die Stadt kostspieliger zu stehen als der Krieg, weshalb der ganze Rat immer tief aufatmete, wenn die teuren Gäste endlich heimzogen.

Die Ritter hielten den neunjährigen Waffenstillstand selten länger als neun Wochen; dann fingen die Ärgernisse von neuem an. Es ist kein Wunder, daß die Bürger von Altenroda über solch permanente Bosheit in gerechten Zorn gerieten.

Als es ihnen daher einmal gelang, den einzigen Sohn des Ritters, den Junker Ottokar, auf einem besonders kecken Raubzuge zu fangen, beschloß der Rat der Stadt, dieses Mal mit den Runkelsteinern ein für allemal aufzuräumen.

Ottokar wurde vor das Gericht gestellt, mit Leichtigkeit vieler grober Taten überführt und einstimmig zum Tode verurteilt.

»Indem wir den Junker fällen«, sagte der Bürgermeister, »vernichten wir zugleich das ganze Raubgezücht der Runkelsteiner; denn auf des Junkers zwei Augen steht das ganze Geschlecht.«

Die Stadtväter berieten nun lange über die Todesart, durch die Junker Ottokar sterben sollte. Enthaupten schien ihnen zu sanft und glimpflich, ihn henken oder rädern zu lassen, aber bedenklich, da sie dann den Zorn des ganzen Adels auf sich laden würden, der solche Todesart für einen ihresgleichen als nicht standesgemäß erachten würde.

So fand ein Ratsherr großen Beifall, als er sagte:

»Wir leben im Anfang des Monats August. Der Tag Sancti Bartholomäi, welcher der 24. August ist, steht dicht bevor. St. Bartholomäus ist – wie ihr Herren wohl wißt – dadurch zu Tode gebracht worden, daß er geschunden wurde. Wir wollen den Junker am Bartholomäustage zu Ehren des Heiligen schinden.«

Niemand fiel das Sonderbare dieser Art Heiligenverehrung auf; denn es war eine grobe Zeit. Alle waren vielmehr von dem Vorschlag sehr befriedigt.

Der alte Runkelsteiner, der um seinen einzigen Sohn in begreiflicher Sorge war, selbst zu schwach zu einem offenen Überfall und zurzeit ohne Bundesgenossen, schickte einen Boten an die Stadt und bot dreitausend Goldgulden Lösegeld für seinen Junker.

Der Rat der Stadt sagte sich: »Nicht drei Goldgulden hat der alte Schlauch im Besitz, geschweige dreitausend«, stellte sich aber, äußerer Gerechtigkeit wegen, als ob er dem Vorschlag traue, und ließ sagen, wenn binnen drei Tagen die dreitausend Goldgulden da seien, wolle man sich die Sache wegen seines Sohnes überlegen.

Abermals kam der Bote des Runkelsteiners. Bares Geld, richtete er aus, hätte sein Herr eben nicht bei der Hand, wolle aber gerne einen Schuldschein unterpinseln und, wenn es sein müsse, mit zehn, nicht nur mit drei Kreuzen.

»Wir wollen mit dem Pinsel nichts mehr zu tun haben«, entschied der Bürgermeister.

Der Junker Ottokar saß im Turme, und wenn er an den bevorstehenden Bartholomäustag dachte, juckte ihn die Haut, und er kratzte sich lange und heftig, dachte aber nicht an seine Sünden, sondern nur daran, wie er ausrücken und dabei ein ganzes Fell behalten könne.

Zu jener Zeit lebte in Altenroda ein Mädchen namens Rosmarie. Sie war die Tochter eines Herbergsvaters, und da der Junker Ottokar beim letzten Friedensfeste in ihres Vaters Haus in Quartier gelegen hatte, in den Junker tief und schmerzlich verliebt. Hatte es doch der Edelherr nicht verschmäht, sie manchmal in die rosigen Wangen zu kneifen oder ihren blühenden Mund zu küssen.

Dieses Mädchen aber wurde von Kaspar, dem Sohne des Turmwächters, bis zur Unsinnigkeit geliebt. Kaspar war ein schmucker, starker Bursche, aber sein Geist war nur von geringen Gaben.

Als das Mädchen Tag und Nacht lang um den Junker geweint hatte und den Gedanken nicht mehr ertragen konnte, daß ihm die junge Haut samt dem schwarzen Schnurrbarte vom Kopfe gezogen werden sollte, kam sie aus einen Rettungsgedanken. Sie berief den Turmkaspar zu sich und tat so schön mit ihm, daß der arme Bursche glaubte, er sei plötzlich ins Paradies gekommen. Und dann sprach die Schlange:

»Mein schöner, allerliebster Kaspar! Wie gerne wollt ich deine Frau werden, wenn du mir nur ein einziges Mal einen Gefallen tun wolltest.«

Kaspar schwur, daß er ihr alle Gefälligkeiten der Welt erweisen, ja, daß er Wunder wirken wolle, wenn es nicht anders ginge.

»Wunder brauchst du nicht zu wirken«, sagte das Mädchen, »bloß du sollst dem Junker Ottokar, der im Turme sitzt, etwas von mir ausrichten, und du sollst ihn in der morgigen Neumondnacht heimlich aus dem Gefängnisse herauslassen.«

»Mädel!« schrie der Kaspar. »Wenn ich das täte, gäbe mir mein Vater wahrhaftig eine Ohrfeige.«

»Siehst du«, begann das Mädchen zu weinen, »nicht einmal eine Ohrfeige willst du für mich wagen und sprichst doch vom Wunderwirken.«

»Eine Ohrfeige will ich schon hinnehmen«, sagte Kaspar, »auch ein paar gebrochene Rippen. Aber, Rosmarie, was liegt dir an dem Junker? Liebst du ihn?«

Da merkte Rosmarie, daß Kaspar eifersüchtig wurde. Sie sprach nun mit hundertspältigen Worten auf ihn ein; erzählte, wie freundlich und herablassend der Junker immer zu ihr gewesen sei, und daß sie den Gedanken nicht ertragen könne, ihn so grausam gemartert zu sehen.

Kaspar brummte. Er sagte sich: sie liebt ihn! Die Eifersucht fraß an seinem Herzen.

Rosmarie senkte das Köpfchen und faltete die Hände. Mit traurigem Seufzen sprach sie:

»Wenn du mir also nicht zu Willen bist, so muß der liebe Junker dahingehen, und ich sehe schon, daß du dir aus mir nichts machst. Ich werde also sterben und dann gewiß nicht deine Frau werden.«

Da begann auch Kaspar zu weinen; denn er konnte das Mädchen nicht also kläglich reden hören. Und ob er gleich den Verdacht nicht los wurde, daß Rosmarie den Junker lieb habe, so hörte er doch auch, wie schön sie zu ihm selbst sprach, und schließlich sagte er sich: Sie liebt uns beide. Wenn sie erst meine Frau ist, werde ich dafür sorgen, daß sie mich allein liebt.

Also willigte er in den Handel ein, worüber das Mädchen in Seligkeit geriet. Sie gab dem Kaspar drei Küsse auf die Backe.

Es wurde nun alles genau beraten, wie das Abenteuer bewerkstelligt werden sollte. Kaspar sollte seinem Vater, dem Turmwächter, sobald dieser seinen tiefen Abendtrunk getan hatte, die Turmschlüssel stehlen und den Junker durch eine Seitenpforte des Turmes ins Freie lassen. Rosmarie wollte schon vor Toresschluß die Stadt verlassen und mit einem Pferde, das sie von einem verwandten Bauern entlehnen wollte, in der Nähe der Turmtüre warten. Kaspar sollte sie dann durch den Turm in die Stadt wieder hinein lassen, und in drei Wochen sollte Hochzeit sein.

Abgemacht!

Als der Junker im Turm hörte, daß seine Rettung bevorstand, freute er sich gewaltig, fragte aber, was das für eine Herbergstochter sei, die ihm so dienstlich sein wolle.

»Ach Gott, doch die Rosmarie«, sagte Kaspar verwundert, »doch die mit den roten Backen und den braunen Haaren.«

Der Ritter schüttelte den Kopf. Er sagte, es gäbe mehrere Herbergen in Altenroda und also auch mehrere Herbergstöchter. Rote Wangen hätten alle und Haarfarben könne er sich nicht behalten.

Darüber freute sich Kaspar. Er sagte sich, der Ritter kann sich auf Rosmarie nicht genau besinnen, also wird er sie auch nicht allzu heftig lieben, und ich habe sie allein für mich.

Um Mitternacht öffnete Kaspar das Ausfallpförtlein und ließ den Junker frei. Alsbald kam mit leisem Jauchzen Rosmarin aus einem nahen Gebüsch. Sie führte ein Pferd am Zügel und sprach leise Worte zu ihrem Ritter. Der lachte, schwang sich aufs Roß und zog das Mädel blitzschnell zu sich in den Sattel.

Kaspar erschrak furchtbar.

»Halt, halt«, schrie er, »was macht ihr? Das ist ja meine Braut!«
Und er hing sich verzweifelt dem Pferde an den Schweif.

»Du Tölpel«, rief der Ritter, »lauf hinter uns her! Komm auf den Runkelstein!« Hieb dem Pferde die Faust auf den Hals, daß es aufbäumte, ausschlug, davonraste und den armen Kaspar ins Gras schleuderte.

Der lag erst ohnmächtig, dann richtete er sich auf und befühlte seinen Schädel.

»Sie ist fort. Er ist fort. Und ich sitze hier!«

Diese drei Tatsachen stellte Kaspar in tiefer Traurigkeit fest. Er war von so einfacher Wesensart, daß er sich erst bei Tagesgrauen ganz klar wurde, was eigentlich geschehen war.

Da warf sich Kaspar ins Gras und weinte aus Scham und Herzeleid darüber, daß die Rosmarie so schlecht war.

Als die Stadttore geöffnet wurden, ging er nach dem Marktplatze und wartete auf die Ratsherrn. Die kamen heute früher als sonst, und viel Volk war auch schon vor dem Rathause versammelt; denn es war ruchbar geworden, daß der Runkelsteiner aus dem Turme entwichen war.

»Was hast du uns zu sagen?« fragte der Bürgermeister, als Kaspar vor dem Rate stand.

»Ich will mich beklagen«, sagte Kaspar, »über den Junker Ottokar und über das Mädchen Rosmarie. Denn sie haben mich betrogen, und der Rat der Stadt soll sie bestrafen.«

»Was haben sie dir denn getan?«

Nun erzählte der törichte Kaspar alles genau, wie es sich zugetragen hatte, wie er mit dem Mädchen und dem Junker einen Vertrag gemacht habe, daß er den Junker aus dem Kerker lasse und dafür das Mädchen zur Frau kriege, und wie die beiden den Vertrag gebrochen und ihn betrogen hätten. So sollte nun die beiden auch die verdiente Strafe treffen.

Der Rat der Stadt entschied:

»Der Junker Ottokar und das Mädchen Rosmarie haben abscheulich an dem Kaspar gehandelt. Wegen ihrer verwerflichen Gesinnung sollen beide hart bestraft werden, so man ihrer einmal habhaft werden sollte. Der Kaspar aber, der den gefährlichsten Feind der Stadt aus dem Kerker befreit hat, soll gehenkt werden.«

Als der törichte Kaspar dieses Urteil hörte, fiel er um. Sein Herz war so voll Liebe, Zorn und Wehe gewesen, daß er gar nicht daran gedacht hatte, ihm selbst könne wegen seiner Tat auch etwas geschehen.

Nach Tagen erst in der kühlen Kerkerluft ging ihm alles richtig auf. Jetzt dachte er auch daran, daß der Junker gerufen hatte: »Du Tölpel, laufe hinter uns her. Komm auf den Runkelstein!« Das war wegen des Henkens gewesen, und müßte er wohl gar noch dem Junker wegen seines Rates dankbar sein.

Der älteste der Ratsherrn, ein milder Greis, der weit über das Leben sah, rückwärts wie vorwärts, sagte in der nächsten Ratssitzung:

»Kaspar ist eine Einfalt. Die Liebe hat sein armes Gehirn stumpf und seine Augen so blind gemacht, daß er seine Schuld nicht erkannte, wie er ja auch die Gefahr nicht ersah, in die er hineinlief, da er sich selbst bezichtigte. Deshalb, ihr Herren, wollet milde mit ihm verfahren, damit Gott euch gnädig sei und ihr eurer Feinde doch noch Herr werdet. Schenket dem Toren die Strafe des Stranges. Sperrt ihn eine Zeitlang in denselben Kerker, aus dem er den Junker entließ, und dann verbannt ihn aus Altenroda. Wer aus einer solchen Heimat verbannt wird, trägt schwere Strafe genug.«

Diesem weisen Rate folgten die Väter der Stadt. Kaspar mußte drei Jahre im Turme sitzen und dann mit einem Stecken aus Haselholz, einem schmalen Ränzel und zehn Groschen Münze für immer die Stadt verlassen.

Kaspar ist hin und hergewandert in der Welt und endlich unter die Söldner eines Fürsten geraten. Auf einem Kriegszuge fand er in einem Straßengraben eine sterbende Soldatendirne. Es war Rosmarie. Der Junker hatte sie eine Zeitlang auf der Burg behalten und dann verstoßen.

Rosmaries Gesicht war ganz häßlich geworden; nur die Haare waren von brauner Seide wie einst.

Als die Arme entschlafen war, grub der Kriegsknecht Kaspar ein Grab, legte Rosmarie hinein und sprach ein Gebet, wobei er sein Gesicht gen Osten wandte, wo in weiter Ferne die Heimatstadt Altenroda lag.

Rauchermärchen

Im Eulenwalde lebte vor ungefähr zweihundertdreizehn Jahren ein Köhler, der als ein guter Mensch anzusprechen gewesen wäre, wenn er nicht so lasterhaft geraucht hätte. Und zwar rauchte er Tabakspfeife. Dieses Teufelsding verbreitete im Eulenwalde auf eine Meile im Umkreis einen solchen Qualm und Gestank, daß die Rehe und Hasen schwarze Felle bekamen, der stickende Brodem den Mäusen verheerend in ihre Erdwohnungen drang und den Eulen und allen Singvögeln des Waldes die Augen tränten. Die garstige Wirkung kam davon her, daß der Köhler nicht nur Tag und Nacht die Pfeife kaum ausgehen ließ, sondern, daß auch sein Tabak von übler Sorte war. Ein Zug, gegen den Wind geblasen, genügte, einem Wanderer der eine Meile weg arglos und gesund seine Straße marschierte, plötzlich den Atem zu verschlagen.

Der Tabak hieß Rippentabak. Er bestand aus in Stücke gebrochenen Stangen, welche die Pestilenz in sich hatten. (Die Gegend, wo dieser Tabak wuchs, ist im Laufe der Zeiten als Strafe Gottes untergegangen.)

Das Schlimmste war, daß der Köhler diese Pestilenz damals nicht etwa hübsch behutsam im engsten Kreise behielt, sondern eitel und leichtfertig in alle Winde blies. Der Köhler war Kunstraucher. Hatte er sich durch einen abgrundtiefen Zug aus seiner Pfeife die Mund-, Nasen-, Ohren- und Stirnhöhlen, die Luftröhre, die Lunge, ja den Magensack voll Dampf gesogen, so ließ er diesen inneren Reichtum langsam und in kunstvollen Formen wieder an die Außenwelt steigen.

Der Köhler rauchte Ringe: kleine, mittlere, große, auch Ringe, die sich ineinander verschlangen, er rauchte aber auch Herzen, manchmal eines, manchmal zwei, die sich miteinander vereinigten; er rauchte eine Mandel Eier; er rauchte die Rechenaufgabe zwei mal zwei gleich vier in der Luft; er rauchte einen Reiter; er rauchte Sonne, Mond und Sterne.

Waldkinder, die auf der Suche nach Pilzen und Beeren waren, sahen dem Köhler manchmal bewundernd zu. Dann sagte er, wenn er wollte, könnte er das ganze Einmaleins rauchen. Das war aber nicht wahr; rauchen hätte er's vielleicht können, aber das Einmaleins selber konnte er nicht. Er konnte nur zwei mal zwei gleich vier. Am Rande dieses Waldes lebte in einer hohlen Eiche die Baumgöttin Querka.

Sie stand bei den Bürgern von Altenroda in hohem Ansehen; denn sie beschützte die Stadt vor Blitz und Hagelschlag. Die Göttin hatte eine empfindliche Nase, also daß sie sich durch die höllischen Rauchschwaden des Köhlers oft belästigt fühlte. Aus großer Gutherzigkeit hatte sie lange geschwiegen. Als aber das jüngste ihrer drei Kinder den Husten bekam, sagte die Göttin: »Da muß etwas geschehen!« – machte sich auf und ging zum Köhler. Sie war recht lieb und artig mit dem alten Brummbart und fragte ihn nebenher, ob er es denn nicht so einrichten könne, daß er den Rauch zum Himmel hinauf blase, damit er sich dort zu Wolken zusammenballe und vom Winde auf den Großen oder Stillen Ozean getragen werde.

Da sagte der Köhler: »Nein, mein Rauch gehört in den Eulenwald!« – und da war wohl auch nichts dagegen zu tun.

Die Göttin aber half sich durch eine List. Heimlich sprach sie über die Tabakspfeife einen Zaubersegen, der bewirken sollte, daß alle Figuren, die der Köhler rauchte, in der Luft zu Gold wurden.

Richtig, kaum war die Göttin fort, so begann der Zauber zu wirken. Der Köhler hatte eben einen stattlichen Ring geraucht und sah zu, wie er langsam davonschwamm – was zu sehen immer des Köhlers größte Freude war – als der Ring plötzlich in der Luft stehen blieb, zu funkeln anfing und auf einmal – kling, kling – auf die Erde fiel. Der Köhler ging herzu, hob einen riesigen goldenen Ring auf, betrachtete ihn, ließ ihn an einem Steine klingen und hing ihn sich endlich um den Hals. Dann setzte er sich auf den Holzblock zurück, auf dem er immer saß, dachte über das Geschehnis nach und rauchte in Gedanken eine Mandel Eier. Als die Eier aber kaum bis an die kleine Birke geschwebt waren, blieben sie stehen, wurden zu Gold und regneten auf die Erde. Der Köhler hob verwundert die Eier unter der Birke auf und sagte: »Nanu!« Darauf ging er wieder nach seinem Holzblock und dachte weiter nach, was zur Folge hatte, daß plötzlich zwei goldene Herzen aus der Luft fielen. Jetzt sagte der Köhler: »Das scheint mir nicht mit rechten Dingen zuzugehen.« Aber an sich machte ihm die Sache Freude. Also paffte er sich einen ganzen Berg goldener Ringe, Herzen, Sonnen und Eier zusammen. Nur mit der Rechenaufgabe war es ein verhextes Ding. Jedesmal fielen die Ziffern in falscher Reihenfolge aus der Luft, so baß immer im Grase zu lesen stand: zwei mal vier gleich zwei. Darüber ärgerte sich der Köhler, und als die Aufgabe immer aufs neue mißriet, kam der Mann in so großen

Zorn, daß er seine Tabakspfeife faßte und sagte: »Du dummes Ding, wenn du nicht mehr ordentlich rechnen kannst, sollst du verbrennen!« Damit schleuderte er die Pfeife ins Feuer des Meilers. Nun konnte der Köhler eine ganze Nacht lang nicht rauchen, was ihn so verdroß, daß er nach dem goldenen Berge mit dem Fuße stieß.

Die Göttin drüben am Waldrande aber sagte: »Merkt ihr nicht, Kinderchen, was heute für gute Luft ist?« Das Kleinste hörte auf zu husten, und viele Bäume, die in dem Qualm am Verdorren gewesen waren, schlugen mutig wieder aus.

Am nächsten Morgen, als der Köhler aus seiner Hütte trat, sah er einen fremden Rittersmann bei seinem Goldhaufen stehen und diesen mit Aufmerksamkeit betrachten. »Was willst du mit dem vielen Golde?« fragte der Ritter.

»Das weiß ich selber nicht!« sagte der Köhler.

»So will ich dir einen guten Vorschlag machen, lieber Mann. Leihe mir das Gold gegen einen Schuldschein. Einen Silbertaler als Zins gebe ich dir im voraus.«

Der Köhler dachte nach, ob das wohl ein gutes Geschäft sei, und kam zu dem Schluß, ein Silbertaler sei nicht zu verachten, da er sich doch eine neue Tabakspfeife kaufen mußte. Also willigte er in den Handel ein. Der Fremde schrieb etwas auf ein Papier, was der Köhler nicht lesen konnte, gab ihm einen Silbertaler und lud das Gold in großen Säcken auf seine Maultiere.

»Leb wohl!« sagte er und stieg auf sein Roß.

»Ach, edler Herr«, sagte der Köhler; »es wäre mir halt lieb, wenn ich Eure Adresse wüßte.«

»Meine genaue Adresse kann ich dir nicht geben«, sagte der Ritter; »ich reite nämlich gerade in den Krieg nach Persien.«

»Ach so«, sagte der Köhler und ließ ihn mit dem Golde ziehen.

Hinterher aber ärgerte er sich und sagte sich, der Fremde habe ihn wohl sicherlich übervorteilt. Doch er tröstete sich, daß er sich ja jederzeit einen neuen Haufen Goldes zusammenrauchen könne.

Die Sache kam aber anders. Der Köhler hatte sich um drei Groschen in Altenroda eine neue Pfeife erhandelt und wollte dem Händler sein goldenes Kunststück vorrauchen. Da kam aber nichts zustande als Rauchringel, die davon schwebten und die ganze Stadt verpesteten.

Der Rat der Stadt, als er die Sache übel in die Nase bekam, schickte eilends seine Büttel aus und ließ den gottlosen Raucher festnehmen. Es war nämlich bei schwerer Strafe verboten, innerhalb von Altenroda bis zwei Wegstunden über die Stadt hinaus Rippentabak zu rauchen.

Der Köhler wurde vor Gericht gestellt, und es wurde der herbe Spruch gefällt: ein ganzes Jahr solle der Sünder im Turme schmachten, bis ein Sommer durch seine Hitze, ein Herbst durch seine Stürme, ein Winter durch seinen Frost und ein Frühling durch seine Düfte die Stadt Altenroda von seinem Tabaksgestank wieder gereinigt habe. Nach zwei Wochen schon kam der Beichtvater des Köhlers zum Rat und bat um Gnade für den Eingesperrten, der im Turm ohne Rippentabak verschmachten müsse, wie ein Fisch ohne Wasser. Der Rat von Altenroda, der immer milde und menschenfreundlich war, bestimmte darauf, man solle dem Köhler fünfundzwanzig Stockhiebe auf seinen ledernen Hosenboden verabfolgen und ihn dann als verwarnt entlassen.

Solches geschah. Als der Köhler sich von den fünfundzwanzig Hieben soweit erholt hatte, daß er wieder laufen konnte, kaufte er sich einen Zentner Rippentabak, das Pfund zu zwei Pfennigen, und wanderte heimwärts.

Im Walde war unterdes große Freude gewesen. Glückselig saß Querka, die Göttin, in ihrem hohlen Baum und atmete köstliche Lüfte, die Mäuse freuten sich, daß es nicht mehr durch die Ofenröhren ihrer Wohnung rauchte, die Felle der Hasen färbten sich auffallend heller und die Augenentzündung der Vögel ließ nach.

»Das habe ich alles mit meinem Zauberspruch getan«, dachte Querka; »denn goldene Ringe können nicht fliegen.«

An einem Abend aber – was roch Querka? Was rochen ihre Kinderlein? Was schnüffelten die Hasen? Wovor schüttelten die Eulen ihr Gefieder?

Rippentabak!

Es schwebten wieder Herzen, Ringe, Eier und Rechenaufgaben durch den Wald. Die Göttin eilte erschrocken zur Köhlerhütte. Richtig, da saß er und rauchte; rauchte aber nicht Gold, sondern rauchte Rauch – Rippentabaksrauch.

Die kluge Göttin machte sich nun wieder recht lieb und artig an den alten Schlot heran und fragte ihn, wo denn die goldenen Ringe seien.

Hätte er verliehen, sagte der Köhler und besäße ein Testimonium darüber. Er holte die Quittung des Ritters aus seiner Hütte und zeigte sie der Göttin. Diese las:

»Ich bestätige, daß der Köhler vom Eulenwalde der guten Stadt Altenroda der größte Esel der Welt ist.
Kuno von Bimbim.«

»Das ist die Quittung?« fragte die Göttin, »die Quittung für all' Euer Gold?«

»Ja«, sagte der Köhler stolz; »es hat alles seine Richtigkeit.«

Die Göttin ließ ihn bei dieser fröhlichen Auffassung und fragte schmeichelnd, ob er sich denn nicht etwas gedacht habe, als er plötzlich goldene Ringe rauchen konnte.

»Ja«, nickte der Köhler, »das habt Ihr getan.«

»Und wo ist die verzauberte Tabakspfeife hingekommen?«

Der Köhler wies mit dem Daumen nach dem Meiler.

»Da! Verbrannt! Das dumme Ding konnte nicht mehr rechnen. Es rechnete zwei mal vier gleich zwei. Und das ist falsch. Das ärgerte mich!«

Nun redete die Fee in den lieblichsten Worten auf den Köhler ein, er möge sich doch auch über seine neue Tabakspfeife einen Segen sprechen lassen; aber der Köhler hielt die Pfeife abwehrend beiseite und sagte:

»Nein, ich mag nicht! Meine Ringe und Herzen können fliegen; aber deine goldenen Ringe purzeln auf die Erde. Daß sie fliegen können, das ist das Schöne bei den Ringen. Was habe ich vom Golde, das mir ja doch wieder ein Ritter abborgt, der damit nach Persien reitet.« Da schlug die Fee trostlos die weißen Hände zusammen. Nach einiger Zeit fragte sie: »Was ist denn in dem schrecklich großen Ballen da?«

»Rippentabak!« sagte der Köhler. »Ein Zentner. Ich hatte bloß noch einen kleinen Vorrat. Wenn der aufgeraucht ist, kommt der neue Ballen dran.«

Da liefen der Fee heimlich Tränen über das Gesicht. Als aber der Köhler einmal nach der Hütte verschwand, weil er sein kostbares »Testimonium« dort wieder bergen wollte, erhellte sich das Gesicht der Fee; sie trat an den Tabakssack und sprach heimlich und schnell eine Zauberformel, wodurch sich der Rippentabak in Tabak so edler Art verwandelte, wie er nur in den Gärten des Kalifen gedeiht.

»Müssen wir schon Tabaksrauch schlucken, dann doch edlen!« sagte sich die Fee.

Drei Tage später öffnete der Köhler den neuen Tabaksballen. Er verwunderte sich über das Aussehen des Tabaks, der ein krümeliges braunes Gewuschele darstellte, gar keine starken reellen Nippen, stopfte sich aber eine Pfeife, rauchte sie bis zu Ende und spuckte während der Zeit seinen ganzen Meiler aus. Nach der zweiten Pfeife wurde ihm so übel, daß er die kleine Birke, an der er sich festgehalten hatte, umbrach und mit ihr zu Boden fiel. Als er sich erholt hatte, erfaßte ihn großer Zorn. Er nahm den wildesten Eichenprügel, den er besaß, eilte nach Altenroda hinunter, immer schimpfend: »Zwei Pfennige für das Pfund hat mir der Betrüger abgenommen!« kam in den Laden des Kaufherrn, der ihm den Tabak verkauft hatte, und prügelte den mit dem Eichenknüppel, bis er halbtot am Boden lag. Nur den Bemühungen des gelahrten Medikus der Stadt unter Beiziehung des Baders gelang es, den schwerverletzten Kaufmann am Leben zu erhalten.

Dieser mißhandelte Kaufmann aber war eine gewichtige Persönlichkeit. Er besaß ein Grundstück von siebenhundert Gulden im Wert und hatte die Tochter des Bürgermeisters zur Frau. Hauptsächlich aus letzterem Grunde verurteilte der Rat der Stadt den missetäterischen Köhler zum Tode durch den Strick. Der Beichtvater kam zwar wieder und bemühte sich mit ängstlicher Fürsprache, aber das nützte gar nichts; der Köhler sollte hängen.

Waldkinder jedoch, die nach Beeren und Pilzen suchten, erzählten sich von dem traurigen Schicksal, das dem Köhler bevorstand. Und das hörte die Fee. Sie erschrak bis in die Tiefe ihres lichten, lieben Herzens und eilte auf ihren goldenen Schuhen nach Altenroda. Dort trat sie vor den Rat der Stadt und erzählte alles.

»Ihr Herren, ich allein hab' Schuld, ich allein!«

Da traten die Ratsherrn zusammen und sagten sich nach kurzer Beratung:

»Mit der Göttin Querka können wir es nicht verderben. Wer weiß, was sonst, wen das nächste schwere Wetter zwischen Ochsenkopf und Eulenwald hereindringt.«

Also gingen sie wieder in den Sitzungssaal und sagten:

»Hohe Göttin, wir haben beschlossen, dir den argen Sünder zu überantworten. Du selbst fälle das Urteil. Fälle es aber nicht zu milde, fälle es gerecht. Der Rat der Stadt behält sich vor, seine Einwände zu machen.«

Die Göttin ließ sich zu dem Gefangenen führen.

Der saß wie ein Verhungerter und Verdursteter auf dem Boden seiner Zelle.

»Kennst du mich?«

»Ja.«

»Willst du etwas von mir?«

»Ja.«

»Was?«

»Rippentabak!«

»Das geht nicht. Aber was anderes kann ich dir schenken.«

»Was?«

»Das Leben!«

Der Köhler kratzte sich hinter dem Ohr.

»Was ist das Leben ohne Rippentabak!« sagte er trostlos.

Die Göttin staunte diesen Menschen an. Dann kam ihr ein guter Gedanke.

»Sag mir, Köhler, mußt du durchaus im Eulenwald wohnen, oder könntest du auch anderswo rauchen?«

»Auch anderswo«, sagte der Köhler. Bloß Rippentabak muß es sein, aber nicht solcher, der runterfällt, sondern solcher, der fliegt.«

Die Göttin fällte den Spruch:

»Der Köhler Jakobus aus dem Eulenwalde der würdigen Stadt Altenroda ist zur Strafe dafür, daß er den ehrenwerten Bürger Bartholomäus Schnürle fast bis zum leiblichen Tode mißhandelt hat, zu lebenslänglicher Verbannnung verurteilt. Diese Verbannung soll er auf dem mit ›Ochsenkopf‹ benannten Berge verbüßen, der im Süden der Stadt liegt, gerade auf der Gegenseite der Stadt, wo bisher seine Hausung war. Der Verbrecher ist berechtigt, jede Woche einmal nach Altenroda hinabzusteigen, sich alldorten zehn Pfund Rippentabak sowie sonst zum Leben Zubehör zu kaufen.«

Der Rat von Altenroda bestätigte dieses Urteil, tat aber auch seine Wünsche kund: »Die Köhlerhütte ist ganz auf dem Gipfel des Ochsenkopfes zu errichten, wo der meiste Luftzug ist; auch ist zum Schuhe für die Gemarkungen Altenrodas eine steinerne Rauchfeste zu errichten, eine keilförmige Schanze, durch die jeweils der Rauch aus Jakobi Pfeife hinunter nach Wenighofen zieht.«

So geschah es. Wenighofen – eine feindnachbarliche Stadt von Altenroda – ist ausgestorben. Wer das nicht glaubt, sehe auf der Landkarte nach. Er wird Wenighofen nicht finden.

Was aus dem Köhler weiter geworden ist, weiß niemand. Aber wenn er nicht gestorben ist, raucht er heute noch.

Rippentabak!

Anmerkung. Du bekehrst eher zehn Türken zum Christentum als einen Raucher zur Vernunft.

Die drei Geizhälse

In Altenroda lebten drei Geizhälse. Es mögen vielleicht noch mehr geizige Leute in der Stadt gewesen sein, werden doch vom sechzigsten Lebensjahr an die meisten Menschen geizig, was zu den Alterserscheinungen oder, gelehrter ausgedrückt, zu den *vicia aetatis* gehört; aber die drei, von denen hier die Rede sein soll, waren so auffallend gut geratene Exemplare von Geizkragen, daß sie in ganz Altenroda berühmt oder vielmehr berüchtigt waren. Der Religion nach war der erste evangelisch, der zweite katholisch, der dritte Jude. Geizhälse und Wucherer gibt es unter allen Gattungen der Menschheit, da soll nur die eine der andern nichts vorwerfen. Nun soll alles hübsch der Reihe nach erzählt werden.

Der evangelische Geizhals

Der evangelische Geizhals wurde später Dissident, und sein Abfall von der ursprünglichen Religion hing mit seinem Geiz zusammen. Er hieß Leonhard Fahrig. Fahrig war Kolonialwarenhändler. Solange der Pastor der Gemeinde von seinem geringen Einkommen für seine Familie Kaffee, Zucker, Mehl und Reis, den bescheidenen Tabaksbedarf, sowie jedes Weihnachtsfest eine Flasche Zeltinger bei Leonhard Fahrig kaufte, saß der Kaufmann jeden Sonntag in der Predigt. »Leben und leben lassen!« sagte er manchmal. Kam ein offener Opferteller, so daß der Nachbar vom Nachbar sah, was der auflegte, so warf Fahrig klirrend einen geputzten Nickel auf den Teller, kam aber der verschwiegene Klingelbeutel, so steckte er einen Hosenknopf hinein. Der Glöckner Krause, der ein kluger Mann war, sagte einmal in der Sakristei, als der Ertrag des Klingelbeutels ausgezählt wurde:

»Vier Mark, dreizehn Pfennige und ein Knopf. Herr Pastor, der Hosenknopf ist vom Kaufmann Fahrig. Der Mann macht immer so fummelige Finger, wenn er über den Klingelbeutel greift, und steckt die Hand so tief rein, daß ich nie eine Münze sehen kann. Er ist von Fahrig, der Knopf, da verlasse sich der Herr Pastor darauf!«

»Ausgeschlossen!« sagte der Pastor. »Denken Sie doch, der wohlhabende Mann! Und dann, Hosenknöpfe sind auch etwas Brauchbares.

Ich habe zu Hause hundertzwanzig Stück liegen. Wenn Sie einmal Bedarf haben, lieber Krause ...«

Krause schüttelte den Kopf. Er war wieder einmal unzufrieden mit seinem Pastor. Am nächsten Sonntag, als er mit dem Klingelbeutel ging, paßte er vor Fahrigs Kirchenstand auf wie ein Detektiv. Aber Fahrig machte »fummelige Finger«, steckte die Hand tief in den Klingelbeutel, und der Detektiv war geprellt.

Krause, der ein kleine Ackerwirtschaft besaß, dachte während dreier Tage, da er mit seinem Kuhgespann pflügte, an nichts anderes als an den Hosenknopf im Klingelbeutel. Mittwoch abends gegen halb sechs rief er sein »Heureka!« Das hieß diesmal in deutscher Sprache: »Warte, du Lump, ich hab' dich!« Krause erschrak über den erleuchteten Gedanken, der ihm gekommen war, so, daß er mitten in der Furche den leichten Schälpflug wegwarf und sich zitternd vor Aufregung auf den Feldrain setzte. Die Kühe guckten sich verwundert nach ihm um, steckten dann die nassen Schnauzen zusammen und kamen nach einigem Brummgetuschel überein, den Schälpflug hinter sich herzu schleifen und sich an des Nachbars Stoppelklee den Bauch vollzufressen. Krause merkte davon nichts. Er saß auf dem Feldraine, fuchtelte mit den Händen und strampelte mit den Beinen, so daß man solch lebhafte Bewegungen einem würdigen Glöckner nimmermehr hätte zutrauen sollen.

Am nächsten Sonntag saß Leonhard Fahrig auf seinem Stand in der Kirche. (Nebenbei gesagt, es ist nicht ganz richtig, etwas als »Stand« zu bezeichnen, wo man sitzt.) Also Fahrigs »Stand« war in der vierten Reihe der erste Platz, dicht unter der Kanzel. Der Pastor predigte, und als die Einleitung vorbei war, erschien Krause mit dem Klingelbeutel. Leise bimmelte das Glöcklein zu den belehrenden und ermahnenden Worten des Predigers. Als Krause drei Bänke abgesammelt hatte und Leonhard Fahrig als der Nächste sich nun für seine Opfergabe rüstete, hielt der Glöckner plötzlich inne, griff sich an den Kopf, als ob er in der Sakristei etwas vergessen habe, und verschwand. Er ging leise, auf Zehenspitzen, was aber den Pastor doch so störte, daß er einen Bibelvers als aus Galater stammend bezeichnete, während er in Wirklichkeit bei Korinther steht. Bald kam Krause mit dem Klingelbeutel zurück und heischte Leonhard Fahrigs Gabe. Fahrig machte seine »fummeligen Finger«, steckte die Hand tief in den

Klingelbeutel und ließ seine Gabe in diese Höhle der Mildtätigkeit hineinsinken.

Plötzlich griff sich der Glöckner Krause abermals an den Kopf und verschwand wieder nach der Sakristei. Den Pastor auf der Kanzel störte das so, daß er in der Predigt stecken blieb, was ihm noch nie passiert war. Auch die Gemeinde machte lange Hälse, zumal als Krause zurückkam, sich zu Leonhard Fahrig beugte und ihm etwas in die Hand drückte. Dann aber ging der Glöckner weiter und sammelte die Gaben der Gemeinde ein. Eine richtige Andacht kam während dieser Predigt weder bei dem Pastor noch bei der Gemeinde mehr auf, zumal alle sahen, daß der sonst so sanfte Glöckner ein feuerrotes Gesicht und wild rollende Augen, sowie einen zappeligen Gang hatte, auch aus Versehen des öfteren die Andächtigen mit dem Klingelbeutel ans Ohr oder an die Nase stieß.

In der Sakristei fragte der Pastor streng:

»Krause, was war das heute während der Predigt für allerhand Störung?«

»Bitte um Verzeihung, Herr Pastor, ich mußte es tun; ich mußte ihn entlarven.«

»Entlarven? Wen?«

»Den Geizkragen – den Fahrig. Er ist der Knopfgeier. Ich hab's rausgekriegt. Erst habe ich die drei ersten Bänke abgesammelt, dann bin ich in die Sakristei gegangen und habe den Klingelbeutel ausgeschüttet, dann bin ich zu Fahrig zurück und habe ihn ganz allein was in den leeren Klingelbeutel stecken lassen, dann wieder nach der Sakristei, und da war der Knopf. Ich habe dem Fahrig den Knopf zurückgegeben und ihm gesagt: Solche Münze nehmen wir nicht an!«

»Ja, Sie haben das ziemlich laut gesprochen. Die Umsitzenden werden es verstanden haben.«

»Ich hatte leiser sprechen wollen, Herr Pastor; aber ich war zu aufgeregt.«

»Hm«, sagte der Pastor nachdenklich, »eigentlich soll man wegen eines Hosenknopfes die Verkündigung des Wortes nicht stören. Aber einen argen Geizhals haben Sie entlarvt, das stimmt. Ich werde Herrn Fahrig heute noch hundertzwanzig Hosenknöpfe zurückschicken.«

Das geschah und wurde zum Anlaß, daß Leonhard Fahrig aus der evangelischen Landeskirche Preußens austrat und Dissident wurde. Sein Auge strahlte, als er bedachte, daß er dadurch ja die Kirchensteuer spare, die für ihn immerhin drei Mark und fünfundzwanzig Pfennig für das Jahr betrug. Außerdem kamen die Nickel für den Opferteller in Wegfall; die Hosenknöpfe waren auch nicht ganz umsonst gewesen. Mochte der Pastor sein bißchen Kram immerhin bei dem jungen Konkurrenten kaufen, diesen Verlust würde die Firma Fahrig verschmerzen.

Es kauften von nun an aber sehr viele bei dem jungen Konkurrenten und zwar nicht nur die Ungehörigen jener Gemeinde, sondern auch viele Leute anderer Konfession, denen der Filz zuwider geworden war.

Umsonst beteuerte Fahrig, daß ihm zufällig ein Hosenknopf losgegangen sei, er diesen in sein Portemonnaie gesteckt und aus Versehen für den Klingelbeutel ergriffen habe. Niemand glaubte ihm; niemand hörte ihm gern zu, wenn er wetterte, die gläubigen Christen würden durch die Habgier der Pfaffen aus der Kirche hinausgedrängt. Als aber der Zorn über den argen Rückgang seines Geschäftes ihn zu solcher Torheit hinriß, daß er eines Tages einen Zettel an sein Schaufenster klebte: »Ausverkauf von hundertundzwanzig hochehrwürdigen Hosenknöpfen«, da hatte er in Altenroda vollständig verspielt.

Wutschnaubend verkaufte Leonhard Fahrig sein Geschäft und zog in die Fremde. Die Altenrodaer Bürger lachten und ließen ihn ziehen. Sie waren einen ihrer drei Geizhälse los.

Nutzanwendung: Geiz ist die Wurzel alles Übels! Das wahre Sprichwort, das durch diese und die zwei folgenden Geschichten beleuchtet werden soll, sei aufs neue allen denen eingeschärft, die geizig sind oder es zu werden beabsichtigen.

Der katholische Geizhals

Der katholische Pfarrer von Altenroda predigte einmal:

»Es gibt kein Laster, gegen das so schwer anzukämpfen ist wie gegen den Geiz. Wenn ich gegen die Unzucht predige, so wird gar mancher und gar manche erröten; denn sie fühlen sich getroffen; den Trunkenbolden braucht man kaum erst zu sagen, daß sie Süfflinge sind, sie wissen es, und wenn sie einmal das graue Elend kriegen, heulen sie über sich selber; dem Hochmütigen, der sonst stolzen Sinnes glaubt, er sei überhaupt nicht sündhaft, sondern sich eben nur seines rechten

Wertes bewußt, wird bei einer Armenseelenpredigt, bei der Schilderung von Grab und Vergängnis doch einmal weich und demütig zu Mute werden, wenn auch nur vorübergehend – der Geizige allein bleibt immer unbewegt; sein Herz ist von Stein. Jedes göttliche Samenkorn verdorrt auf diesem felsigen Ackerlande. Was der Geizige Gutes tut, tut er aus Berechnung; niemals ist seine Hand milde im stillen; die Not der Brüder läßt ihn ungerührt; das goldene Kalb ist der Götze, den er anbetet; wenn er könnte, machte er auf dem Sterbebette noch Geschäfte und feilschte mit dem Tischler um den Preis des eigenen Sarges. Er ist so verblendet, daß er sein jämmerliches Laster, das ihn zum Sklaven des Geldes erniedrigt, nicht erkennt, sondern sich nur für einen Mann hält, der eben sparsamer und klüger ist als die anderen. So schreibt er einen Gewinnposten zum anderen; der Teufel aber zieht sein Notizbuch und schreibt die Gegenrechnung; denn eher wird ein Tau durch ein Nadelöhr gehen, als ein Geiziger ins Himmelreich.«

Als der Geistliche so predigte, saß unten im Kirchenschiff Herr Birnbaum und dachte: »O, wie predigt er wieder gut; o, wie hat er wieder recht!« Daß er selbst der ärgste Geizkragen der ganzen Pfarrgemeinde war, daß die Predigt hauptsächlich auf ihn zielte, daran dachte er nicht. Sein Herz war von Stein.

Birnbaum war Beamter, hatte sich durch Streberei und rücksichtsloses Vordrängen hochgearbeitet und es trotz seines nicht bedeutenden Gehaltes zum Besitzer mehrerer Häuser gebracht. Den Grundstock zu seinem Vermögen, das er durch Spekulationen und Wucher eifrig vermehrte, hatte die Mitgift seiner Ehefrau gebildet, die ihm in jungen Jahren sechsunddreißigtausend Mark zubrachte, die höchste Summe, auf die Birnbaums Ehrgeiz damals gerichtet sein konnte. Diese Frau war so mordshäßlich, daß der Spiegel erblindete, wenn sie hineinsah, und die Vögel davonflogen, wenn sie auf die Straße trat, auch alle Säuglinge in den Kinderwagen zu brüllen anfingen, wenn sie vorüber ging. Frau Birnbaum hatte eine einzige Tochter, die fast ebenso häßlich war wie sie und die zum Unglück Helene hieß, so daß sie in ganz Altenroda »die schöne Helena« genannt wurde. Um dieses Mädchen tat es vielen Leuten leid; denn sie hatte nicht das harte Herz ihres Vaters und führte ein freudloses Dasein. Sie hatte fast nie freie Zeit, mußte Tag für Tag Handarbeiten machen, die an ein Geschäft in der Hauptstadt geliefert wurden, besaß keine Bücher, durfte nie zum Tanze gehen und trug immer unschöne, aber »unverwüstliche« Kleider.

An Sommerabenden, wenn Helene noch über der Handarbeit saß und die Mutter im Hause wie eine Magd tätig war, beschäftigte sich Herr Birnbaum manchmal damit, Streichhölzer in zwei Teile zu spalten, damit von jedem Streichholz zweimal Feuer gewonnen werden könne. Im Winter gingen alle der Lichtersparnis wegen mit den Hühnern zu Bett.

Als Helene vierundzwanzig Jahre alt geworden war (das ist gewöhnlich der Zeitpunkt, wo unvermählt und unverlobt gebliebene Mädchen anfangen, unruhig zu werden), dachte der Vater daran, ihr einen Mann zu besorgen. Er ging zunächst nur auf Geld aus, mußte aber bald zu seinem Leid erkennen, daß vermögende junge Männer zwar gegen Vermögen auf der anderen Seite im allgemeinen nichts einzuwenden haben, daß sie aber auf negative Reize der Braut um so weniger Wert legen, auch wenn ihnen gesagt wird, daß es sich um ein sehr sparsames, häusliches und bescheidenes Mädchen handle. Der junge Windikus Bomüller, der Sohn des Bankiers, war sogar so frivol, zu sagen: »Ach was, wenn sie häuslich, sind sie scheußlich«. Deswegen brach Herr Birnbaum seine geschäftlichen Beziehungen zu dem Bankhause aber doch nicht ab, erstens weil der Verkehr mit einer auswärtigen Bank sich kostspieliger gestaltet hätte, schon wegen des vielen Portos, und dann, weil bei Bomüller ein junger Mann war, der Herrn Birnbaum manchmal wertvolle Tips für An- oder Verkauf von Wertpapieren gab.

Es erging Herrn Birnbaum bei seinem Männerfang so wie dem hoffärtigen Fischreiher, der am Flußrande saß und es durchaus unter einem Hechte nicht tun wollte, die Karpfen, Schleien, Weißfische aber verschmähte. Als jedoch alle Karpfen, Schleien, Weißfische davongeschwommen waren, blieb dem Fischreiher nur ein Schlammpeizger übrig.

Der Schlammpeizger Herrn Birnbaums hieß Rillmann und war der bewußte junge Mann aus dem Bankhause. Der Bengel war hübsch und in seinem Fache nicht unbegabt, besaß aber keinerlei Vermögen, offenbar auch keinen Sparsamkeitssinn; denn er brauchte nach Birnbaums Erkundungen sein Jahresgehalt von zweitausendvierhundert Mark glatt auf.

Birnbaum überlegte, bis die schöne Helena sechsundzwanzig Jahre alt geworden war. Dann sagte sich der kluge Vater: Nun ist's hohe Zeit; die Verschwendungssucht werde ich dem Rillmann schon abgewöhnen, und was ihm an Vermögen fehlt, kann er mir, der Bescheid auf dem Geldmarkte weiß, der sogar manches Geheimnis erspüren kann, durch seine Fingerzeige ersetzen.

Birnbaum machte sich an Rillmann heran, und als dieser endlich merkte, was der Geldmann mit ihm vorhatte, wurde er sehr bedenklich. Er kam in Zwiespalt mit sich selbst. Wenn er Birnbaums letzten Jahres-Bankabschluß immer und immer wieder las, sagte sich Rillmann jedesmal: »Ich nehm' sie!« Sah er aber das Mädchen selbst nur von fern, so schwur er bei sich: »Ich nehme sie nie und nimmer!« Als die Zeit schon auf Helenas achtundzwanzigsten Geburtstag zu marschierte, kam Rillmann zu dem endgültigen Entschlüsse, die schöne Helena zu heiraten. Ein Freund, dem er sich anvertraute, hatte ihm dazu geraten.

»Aber sie ist so fürchterlich häßlich!« seufzte Rillmann.

»I was, häßlich!« sagte der Freund; »mit den zunehmenden Jahren wirst du kurzsichtig, da ist's dann nicht mehr so schlimm.«

So kam die Sache ins Rollen, zum seligen Entzücken Helenas, die den hübschen, lustigen Rillmann unsäglich liebte.

Vor dem Sonntag, an dem Rillmann bei Birnbaums einen »offiziellen Besuch in persönlicher Angelegenheit« angemeldet hatte, sagte der Mann zur Frau:

»Weib, es nützt nichts, wir müssen Wein geben, wenigstens mal zum Anstoßen auf das Brautpaar.«

Birnbaum hatte einmal bei einer Zwangsversteigerung, die einen armen Vorstadtrestaurateur betraf, zehn halbe Flaschen Moselwein gekauft, eine saure Sorte, von der aber Herr Birnbaum behauptete sie würde mit jedem Jahre besser und lasse sich überdies durch einen Zuguß von Zuckerwasser veredeln. Nach Neujahr, wenn der Pfarrer, der Kaplan und der Küster zur Einsegnung der Wohnung kamen, wurde immer eine halbe Flasche geopfert. Die drei Herren nahmen zwar stets eine ablehnende Haltung an, aber Herr Birnbaum ließ es sich als der reichste Mann der Pfarrei nicht nehmen, die Geistlichkeit samt dem Küster gastfreundlich zu bewirten. Die Sache wurde dann so gemacht, daß Frau Birnbaum mit einem Tablett erschien, auf dem vier gefüllte Gläser standen, und daß sie jedem der drei Herren eines in die Hand gab, das vierte aber dem Gatten. Da die halbe Flasche nämlich nur drei Gläser abwarf, wurde Herrn Birnbaums Glas mit Wasser gefüllt, was nicht auffiel, da die Weingläser von grünlicher

Färbung waren. Nach dem ersten Schluck, den er aus seinem Glase genommen hatte, schnalzte Herr Birnbaum allemal mit der Zunge und sagte:

»Es ist eine bekömmliche Sorte. Ich hab' den Wein von einer guten Firma, direkt aus der Originalkellerei. Er heißt ›Edelmarke‹.« Dann lächelten die Herren fein und tranken voll Mut und Gottvertrauen den Quietscher hinunter. Die Frage, ob noch ein Gläschen gefällig sei, verneinten sie eifrig und einstimmig und empfahlen sich. Das wiederholte sich in ungefähr derselben Weise zu jedem Neujahr.

»Weib, wir müssen Wein geben«, sagte Birnbaum vor dem Verlobungssonntag zu seiner Frau. »Und diesmal trinken wir mit. Man verlobt schließlich seine einzige Tochter nicht alle Tage.«

»Aber es sind nur drei Gläser in der Flasche«, warf Frau Birnbaum ein.

»Richtig!« sagte der Mann; »nun, da muß eben doch wieder eines an Wasser glauben, und das ist, meine ich, Helena. Wer weiß, wie ihr der Wein bekäme, und außerdem gehen wir doch wohl als Eltern vor.«

»Daß es nur kein Unglück bringt, wenn Helena mit Wasser anstößt.«

Da wurde Birnbaum, der wie alle Geizhälse sehr abergläubisch war, bedenklich und beschloß heroisch, auch diesmal selber der Wassertrinker zu sein. Der Frau wolle er den Vorrang lassen. Sie sollte, wie immer, den Wein selber präsentieren, indem sie jedem sein Glas zureichte.

Der Sonntag kam. Der Freier erschien, der in Todesangst seinen auswendig gelernten Spruch herunterjagte, wie einer, der fürchtet, stecken zu bleiben.

Papa Birnbaum spielte den Gerührten und Überraschten, sprach von den Talenten des jungen Mannes, von den Tugenden der Tochter, von eifrigem Streben, von weisem, sparsamem Haushalten, von damit verbundener gesicherter Zukunft, vom Zusammenarbeiten von Schwiegervater und Schwiegersohn und berief sich bei all diesen Ausführungen fleißig auf den lieben Gott. Nur von einem, auf das Rillmann am gespanntesten wartete, sprach Birnbaum nicht – von einer Mitgift. Da faßte der Freiersmann Mut und sagte:

»Ja, Herr Birnbaum, ich habe Ihnen schon einmal gesagt, daß ich von Haus aus ohne Vermögen bin, und von meinem kleinen Gehalte habe ich Ersparnisse nicht machen können. Jetzt beziehe ich jährlich im ganzen zweitausendsechshundert Mark; davon kann ich natürlich eine Frau und eventuell eine Familie nicht standesgemäß ernähren.«

Birnbaum lächelte.

»Mein Lieber«, sagte er, »das Wort ›standesgemäß‹ hat es in sich. Manche Leute leben über ihren Stand, die werden pleite; manche Menschen leben ihrem Stande gemäß, die machen keine Schulden, kommen aber auch zu nichts; manche Leute leben unter ihrem Stande, die werden reich.«

»Das ist wohl richtig«, sagte Rillmann; aber mit zweitausendsechshundert Mark Jahreseinkommen kann ich keinen Haushalt gründen.«

»Sie wollen also über Ihren Stand leben?«

Rillmann antwortete nicht; aber sein Gesicht bekam einen verbissenen Ausdruck, und er warf einen Blick nach der Tür. Da wurde Birnbaum ängstlich. Er erwog blitzschnell, daß er eine jetzt gegebene Zusage nach der Hochzeit ja wieder zurücknehmen könne.

»Herr Rillmann, Sie wissen, ich halte das Meinige zusammen. Vermögen bekommt Helena jetzt nicht. Das Mädchen will nicht ihres Geldes, sondern um ihrer selbst willen geheiratet sein. Schließen meine Frau und ich mal unsere müden Augen, wir sind ja immerhin beide schon dreiundfünfzig, so ist Helena die einzige Erbin. Das wissen Sie wohl. Ich schaffe nur für mein Kind. Immerhin gefällt es mir, daß Sie als Geschäftsmann auch an die materielle Seite der Sache denken. Ich will Ihnen entgegenkommen und zahle Ihnen monatlich einen Zuschuß von – nun sagen wir – von fünfundzwanzig Mark.«

Als sich die Gesichtsform des jungen Mannes bei Nennung der Ziffer zu einem Grinsen verzerrte, setzte Birnbaum rasch hinzu:

»Oder, wenn Ihnen das erforderlich erscheint, von fünfzig Mark. Sie werden sehen, Herr Rillmann, Sie kommen glänzend aus. Helena ist nicht umsonst mein Kind. Im übrigen ordnen wir das alles später.«

Damit ging Birnbaum zur Tür, rief Frau und Tochter herein, um dem Freier weiter keine Zeit zur Überlegung und zu Einwendungen mehr zu lassen, umarmte die Frauensleute und sagte voll tiefer Rührung:

»Denke dir, Helena, Herr Rillmann hat um deine Hand bei mir angehalten.«

Das Mädchen stand mit sanft gerötetem Gesichte da; ein überirdisches Strahlen brach aus ihren kleinen, sonst so farblosen Augen, der Widerschein tiefinnersten Glückes verschönte sie.

Die Mutter heuchelte auch ihrerseits freudige Überraschung, und Herr Rillmann führte nun den Entschluß aus, den er sich in schweren Kämpfen einsamer Nachtstunden abgerungen und für den er sich vor der Werbung in Gesellschaft seines Freundes bei einer Flasche edlen Weines Mut angetrunken hatte: er reichte Helena die Hand und küßte sie flüchtig auf den Mund. Über diesen feierlichen Akt vergoß Frau Birnbaum eine Menge von Tränen.

Als aber nach dem Kuß eine Pause verlegenen Schweigens eintrat, klatschte Birnbaum in die Hände und sagte: »Nun aber genug des Weinens und der Abküsserei. Hole Wein, liebe Frau! Das müssen wir feiern!«

Frau Birnbaum entfernte sich und kam ungeschickterweise schon nach kaum einer Minute mit vier Gläsern, die draußen gefüllt bereit gestanden hatten, zurück. Herr Birnbaum warf ihr für diese Tölpelei, die alles verriet, einen so zornigen Blick zu, daß die Frau verwirrt wurde und die Gläser klirrten. Herrn Rillmann aber war die eine Minute in der Gesellschaft seiner Braut schon so lang geworden, daß er von dem verunglückten Manöver nichts merkte.

Frau Birnbaum reichte jetzt jedem ein Glas, nahm sich das letzte, und nun rief Birnbaum aus:

»Wir trinken auf das Wohl des jungen Brautpaares. Wir wünschen euch, liebe Kinder, daß eure Ehe so glücklich werden möge, wie die unsere immer war. Das Brautpaar lebe hoch – hoch – hoch!«

Alle tranken. Aber schon nach dem Ansetzen sah Birnbaum seine Frau erschreckt an. Das, was er trank, war nicht Wasser – es war Wein. Was war das? Was bedeutete das?

Nun sah Birnbaum auf den Bräutigam. Der stand mit einem so verdatterten Gesicht da, blickte so entgeistert in sein Weinglas, daß dem Brautvater eine grausige Ahnung aufstieg.

Die Frau hatte die Gläser verwechselt, dem Bräutigam das Glas mit dem Wasser gereicht.

Betroffen saßen alle im Kreise. Der Bräutigam stierte immer in sein Glas, als ob er einen verhexten Pokal in der Hand halte. Plötzlich stand er auf und sagte in Verwirrung:

»Meine Herrschaften, ich muß mich jetzt empfehlen. Ich muß erst mal nach Hause.«

Keine Widerrede half. Rillmann ging.

Birnbaum tobte mit seiner Frau wie ein Berserker; die Frau weinte, Helena hatte Herzkrämpfe.

Am Nachmittag schon kam Rillmanns Absage.

Die Geschichte der armen Helena ist sehr traurig ausgegangen. Das Mädel, dem ein einziges Mal im Leben die große goldene Sonne des Glückes aufgegangen war, konnte es nicht verwinden, daß diese Sonne so bald wieder unterging. Im Herbste begann sie zu husten. Als der Husten den Hausmitteln, die angewendet wurden, nicht wich, machte Frau Birnbaum schüchtern den Vorschlag, man möge doch mal Dr. Schicketanz befragen. Sie wurde rauh abgewiesen.

»Dr. Schicketanz! Was der für Rechnungen schreibt. Wegen einer Erkältung gleich zum Doktor laufen! Ich hab' wohl mein Geld auf der Straße gefunden?«

So blieb es. Erst im Frühjahr, als sich ihr Zustand immer mehr verschlimmerte, wurde Helena zum Arzte geschickt.

Dr. Schicketanz, der ein guter Arzt, aber ein etwas rücksichtslos offener Mann war, sagte zu der Mutter:

»Es ist ein Skandal, daß Sie mit dem Mädchen erst jetzt zu mir kommen. Nun aber dalli in die Lungenheilanstalt! Ob's noch was helfen kann, steht dahin. Ich glaube nicht!«

Nein, es half nicht mehr. Schon nach drei Monaten schickte die Anstalt die Kranke nach Hause. Hoffnungslos. In ihren letzten Leidenstagen sprach Helena öfters in Traum und Fieber laute Worte, denen Vater und Mutter erschüttert lauschten:

»Ich bin nicht mehr häßlich ... ich bin schön ... ich habe große Augen und glänzende braune Haare ... ich habe ein gutes seidenes Kleid und eine goldene Kette ... ich habe Lackschuhe und ich kann tanzen ... ich habe einen Fächer ...«

»O, er kommt, er kommt wieder und sieht, wie schön ich bin. Und er liebt mich. Wir trinken den ganzen Abend guten Wein.«

Schmerzlos neigte die arme Schattenblume, der Zeit ihres Lebens Schmelz und Glanz versagt geblieben waren, eines Abends das Köpfchen und starb.

Einen Tag nach dem Begräbnis stand Birnbaum vor seinem Geldschrank, schlug mit den Fäusten an die stählerne Tür und schrie in Verzweiflung:

»Wofür? – Wofür?«

Der jüdische Geizhals

Pinkus.
Er stammte aus Brzezany.
Das liegt in Ostgalizien.
Noch hinter Lemberg.

Daran ist nichts auszusetzen; denn selbst hinter Lemberg müssen doch Leute wohnen. Auch: warum soll einer nicht Pinkus heißen und aus Brzezany stammen? Aber die Altenrodaer Bürger schimpften darüber, daß Pinkus aus Brzezany sich in ihrer Stadt niedergelassen und seine ostgalizische Kultur in Form einer »Gemischtwarenhandlung« dort hatte in Erscheinung treten lassen. Die Bürger von Altenroda waren zum großen Teil stramme Antisemiten, sie schimpften auf den Juden, machten Witze über seinen Namen, seine Herkunft und sein Aussehen, und wenn sie einigen alten unnützen Kram zu verkaufen hatten, bestellten sie heimlich den Pinkus und suchten noch so viel von ihm herauszuschinden, wie es bei solchem Trödel und solchem Käufer eben möglich war. Auch borgten manche bei ihm Geld.

Pinkus stand sich in solcher Gemeinde glänzend. Er kaufte alles zusammen, was ihm unter die Finger kam. Der Apotheker hatte einmal bei einem Faschingsfeste der »Harmonie« eine alphabetische Aufzählung des Pinkusschen Warenbestandes zum Besten gegeben: Armleuchter, Abortspapiere, Betschemel, Bartflechtenmittel, Cypernwein, Cäsarenwahnsinn (antiquarisch von Quidde) Dörrgemüse, Daunenfedern, Emaillegeschirr, Einreibe, Feigen, Fichtes Reden, Heiligenbilder, Hosenträger usw.

Acht Tage nach dem Faschingsfeste der »Harmonie« kam Pinkus zu dem Apotheker und sagte:

»Herr Doktor Apotheker, ich bedanke mer for den schönen Witz, was der Herr Doktor Apotheker gemacht haben mit mir armen Mann. Ich habe in der letzten Woche gemacht ausgezeichnete Geschäfte!«

Als Pinkus gegangen war, sagte sich der Apotheker: »Ich bin ein Esel! Ich habe für den Mann Reklame gemacht.« Niemand widersprach, da niemand da war.

Also, halb Altenroda schimpfte auf Pinkus, und ganz Altenroda machte gelegentlich Geschäfte mit ihm. Pinkus stand sich gut dabei. Er überragte an Geschäftsklugheit sämtliche Bürger der Stadt, und da geistige Überlegenheit immer Neid erzeugt, freute sich die gute Stadt Altenroda, als es eines Tages gelang, den wirklich geizigen und schachersüchtigen Pinkus hineinzulegen. Der Held, dem die Ehre zufiel, war ein armer Musiker, der Sonnabends und Sonntags im »Bleiernen Hecht« zum Tanze aufspielte, zwischendurch mal in einer Familie zur Hochzeit oder beim fünfzigsten Geburtstag und sich sonst durch Privatstunden (zu sechzig Pfennigen) sein tägliches Armeleutebrot zusammenfingerte.

Und nun kommt die Geschichte.

Pinkus hatte eine Baßgeige gekauft. Er hatte zwar keine Ahnung von Musikinstrumenten, aber warum sollte er auf der Auktion die Baßgeige nicht kaufen, wenn er sie billig bekam?

Es hatte aber auf der Auktion auch ein Musikant auf die Baßgeige gesetzt. Sechzig Mark hatte der arme Teufel im Beutel, und als Herr Pinkus einundsechzig Mark bot, mußte der andere das hübsche Instrument im Stich lassen.

Traurig erzählte der Musikus im »Bleiernen Hecht« sein Mißgeschick den Kameraden.

»Laß mich nur machen«, sagte nach einer Pause tiefen Nachsinnens der eine.

Nächsten Tag ging dieser Mann zu Pinkus.

»Herr Pinkus«, sagte er, »ich bin ein Musiker und habe gehört, daß sie eine Baßgeige zu verkaufen haben. Ich habe zwar schon eine gute Baßgeige, aber ich möchte eine – sozusagen – eine zweite Baßgeige als Reserve anschaffen.«

»Reserve is gut gesprochen«, sagte Herr Pinkus; »jeder gediegene Musiker hat Baßgeige auf Reserve. Sie soll'n se sehen.« Und er zeigte ihm die Baßgeige und sprach dazu: »Ein hochmodernes, ein haltbares und elegantes Instrument. Kostet mich auf Ehrenwort selber hundertzwanzig Mark ohne die Spesen, aber weil ich sehe, daß Sie sind ein begabter junger Musiker, will ich Ihnen verkaufen die Baßgeige mit minimalem Profit for hundertdreißig Mark.«

»Für hundertdreißig Mark ist so ein Instrument geschenkt« sagte der Käufer, wobei sich Pinkus erschrocken ins Bein zwickte.

»Aber«, fuhr der Musikus fort, »probieren muß ich die Baßgeige erst. Denn die Hauptsache ist der Ton, und den kann man von außen nicht so genau beurteilen.«

»Sie soll'n se probieren. So e feine Baßgeige nach der letzten Mode, wo Sie selber haben gesagt, ich bin e Dammel, daß ich se for hundertdreißig Mark losschlag'! Geigen Se los!«

Der Musiker nahm die Baßgeige und fing an, darauf herumzugeigen. Pinkus machte ein verklärtes Gesicht.

»Klingt se nicht lieblich? Klingt se nich schick und adrett? Sitzt nich jeder Ton wie angegossen? Meiner Lebtage habe ich noch kei so feine Musik gehört. 's Herz im Leibe lacht einem. Na, was zulegen werden Se. Sagen wir rund hundertfünfzig Mark; ich seh', Sie sein e anständiger Mensch und e gediegener Musikus, Se verlangen nischt umsonst.«

»Für hundertfünfzig Mark ist das Instrument geschenkt«, sagte der Musiker und wieder kniff sich Herr Pinkus wütend ins Bein.

»Ausgemacht is noch nischt«, rief er; »ich hab' überhaupt keine festen Preise. Geben Se dreihundert und Se sollen de Geige haben!«

Der Musikant nickte nur, ganz in sein Spiel versunken, mit dem Kopfe.

Plötzlich stutzte er …

Holloh, was ist das …?

Er spielte die letzte Passage noch einmal – Nanu? Zum Donnerwetter, das ist ja – Er spielte die Passage zum dritten Male …

»Alle Hagel!«

»Was is denn? Was tun Se sich denn?«

»Herr Pinkus, ich glaube, ich glaube …«

»Was glauben Se? Was glauben Se uff eemal von de gute Baßgeig'?«

»Herr Pinkus, Herr Pinkus, mir ahnt was Schreckliches!«

Der Musikant spielte noch einmal – zweimal, drei-viermal eine fürchterliche Passage, dann sagte er erbleichend:

Herr Pinkus, es fehlt ein Ton!«

»Was fehlt?«

»Ein Ton! Es ist ein Ton zu wenig auf der Baßgeige! Und gerade der wichtigste. Sie ist unvollständig!«

»Sind Se meschugge, Mensch? Uff so eener seinen Baßgeige wird e Ton fehlen? Sie, Sie, Sie – Musikus Sie!«

»Herr Pinkus, ich kann mir nicht helfen – er fehlt.«

»Nu, zum Deixel, da sehn Se doch erst mal genauer nach.«

»Das will ich gerne tun, Herr Pinkus, gerne!«

Und der Musikant rasselt noch einmal die Passage ab, schüttelt den Kopf, steht auf, geht rund um die Baßgeige herum, betrachtet sie von allen Seiten, klopft ihr schließlich auf den Rücken und geigt wieder.

»Er fehlt, Herr Pinkus, er fehlt! Aber warten Sie noch! Gedulden Sie sich noch!«

Er schraubt an den Wirbeln, geigt, probiert, schraubt wieder, zerrt an den Saiten, geigt nochmals ...

»Nichts zu machen, Herr Pinkus, der Ton fehlt!«

»Aber – aber zum Deixel, was denn fer e Ton? Wieviel Tön' gehören denn zu e Baßgeige?«

»Fünfundzwanzig, Herr Pinkus! Fünfundzwanzig! Und da sind bloß vierundzwanzig, hören Sie, der fehlt!« Er geigt langsam vierundzwanzig Töne, dann rutschen seine Finger herunter, und er summt nur mit dem Munde was Tiefes, Brummiges.

»So, der fehlt! Der fünfundzwanzigste. Der tiefste und gerade für die Baßgeige der wichtigste – der fehlt! Das ist schrecklich!«

»Aber wieso? Wie kann er fehlen? Wo ich das Instrument aus einer der besten, leistungsfähigsten neuzeitlichen Firmen for Musik bezogen habe. Wie kann er fehlen?«

»Weiß nicht, Herr Pinkus! Ihnen zuliebe will ich einen letzten Versuch machen.«

Der Musikant zieht ein Stück Kolophonium aus der Tasche, wichst wie rasend den Bogen, rückt den Steg, schraubt an den Wirbeln, geht um die Baßgeige, pocht abermals an ihren Rücken, schüttelt sie heftig hin und her und geigt dann und sagt:

»Es ist beim besten Willen nicht zu machen, Herr Pinkus, der Ton fehlt. Die Baßgeige sieht äußerlich großartig aus, innerlich is sie ein Krüppel!«

»Wieso 'n Krüppel? Wegen den einen Ton?«

»Herr Pinkus, Sie sind ja gewiß sehr musikalisch. Aber haben Sie schon mal die Geschichte vom Stradivarius gehört? Nicht? Also, der Stradivarius war der größte Baßgeigenkünstler, der auf der Welt gelebt hat. Er war ein Spanier. Und er hatte eine Baßgeige, die kostete, sage und schreibe, dreißigtausend Mark. Die hatte ihm die Königin von Spanien von einem alten Zigeunerprimas gekauft. Was ist passiert? Der Zigeuner war ein Lump. Eines Tages stellte sich heraus, daß ein Ton fehlt, und Stradivarius und die Königin von Spanien sitzen blamiert und mit hängenden Ohren da, und die Baßgeige, die dreißigtausend Mark, sage und schreibe dreißigtausend Mark gekostet hat, is keine hundert wert.«

»Aber, das is ja meschugge«, schreit Pinkus. »Das is doch keine reelle Rechnung. Wenn auf einer kompletten Baßgeige fünfundzwanzig Töne sein sollen und einer fehlt, da können doch abgehen höchstens vier Prozent.«

»Nee, Herr Pinkus, bei Baßgeigen is das anders. Wenn da een Ton fehlt, da läßt sich überhaupt keen richtiges Konzert mehr mit machen. Immer, wenn der Ton kommen soll, hüppt die Geschichte, wie bei einer kaputten Leier, und da pfeift einen ein gebildetes Publikum aus. Nich einmal für Tanzmusik auf'm Dorf is so 'ne Baßgeige zu gebrauchen. Die Tänzer kommen ja alle aus'm Tritt.«

Pinkus schwitzte.

»Mein Lieber«, sagte er; »ich sehe, Se woll'n mir bloß was abschachern. Also sagen wir hundertfünfzig Mark, wie's am Anfang war.«

»Nee, Herr Pinkus, für ein' Musiker ist die Baßgeige total unbrauchbar. Ich bin doch nich so dumm wie der Stradivarius! Das Möbel da, das könn' Sie höchstens an einen Holzhändler verkaufen.«

Pinkus dampfte.

»Vielleicht – vielleicht als Wanddekoration«, keuchte er.

»Na, ja, aber die Leute, die sich die Wände mit Baßgeigen dekorieren, die geh'n ja dünne.«

»Gibt's schon«, sagte Herr Pinkus schnaufend, »gibt's schon! Also, was geben Se freiwillig?«

»Nischt, Herr Pinkus, nischt! Was soll ich mit 'ner kaputten, unvollständigen Baßgeige?«

»Also, geben Se mir achtzig Mark; fertig sind wir!«

»Herr Pinkus! Auf Wiedersehen!«

Er ging wirklich. Pinkus wartete ab; als aber der Musikant um die nächste Ecke verschwand, eilte er ihm nach.

»Also, wenn schon der tiefste Ton fehlt, Se brauchen doch die Baßgeige bloß zur Reserve. Können Se se nich gebrauchen for die höheren Stücke?«

»Höhere Stücke sind bei Baßgeigen sehr selten«, sagte der Musikant kühl. »Aber damit Sie nicht ganz um Ihr Geld kommen, will ich Ihnen zwanzig Mark zahlen.«

»Sagen Se sechzig Mark!«

Sie redeten hin und her und einigten sich schließlich auf dreißig Mark. Der Musikant holte sich die Baßgeige, und Pinkus warf die Tür krachend hinter ihm ins Schloß.

Zwei Idyllen

Der Briefkasten

Hoch am Ochsenkopf und noch dazu abseits vom Hauptwege liegt eine weltverlorene Kolonie, die Weberhäuser. Die Leute, die in den neun verstreuten Häuslein dort leben, haben nur mit Altenroda etliche Verbindung. Was über Altenroda hinausliegt, geht sie nichts an.

Im letzten Jahre aber waren fünf Sommergäste, welche angeblich die absolute Einsamkeit, in Wirklichkeit die absolute Billigkeit suchten, in den Weberhäusern gewesen. Ende August waren die Gäste abgereist und die Weberhäuser waren so einsam wie immer.

Was, dachte der einzige Spatzenmann, der in den Weberhäusern wohnte, am Anfang Oktober, ich mach's wie im vorigen Winter, ich niste in dem Briefkasten. Der Briefkasten ist ein gutes, festes Häuslein, sicherer als diese windigen Starkästen, und ungestört ist man auch.« Besprach sich also mit seinem Weibe.

»Blech ist zu kalt«, sagte diese.

»Rede kein Blech, Weib«, sprach der Mann unwillig. »Blech ist fest. Das ist die Hauptsache. Rin in den Kasten!«

Dann krochen sie durch einen Spalt, über dem »Einwurf« geschrieben stand, und sahen sich im Kasten um. Ein reizendes Schlafgemach, von schwach bläulichem Lichte erfüllt. Unten war ein kleines Schild angebracht, wie ein Transparent, da stand »Sonnabend« darauf zu lesen.

»Mann, hier liegt was«, sagte das Weib. Es war ein dicker Brief, auf dem mit roter Schrift stand: »Eilt!«

»Der ist gut«, sagte der Mann, »der ist dick und federt wie eine Matratze.«

Dann flogen sie aus, stahlen Stroh, stahlen Heu, zupften Moos und sammelten Laub, und bald war die Wohnung ausgestattet. Als der Abend kam, und der Wind grimmig pfiff, lachte das Spatzenpaar in seinem sicheren Hause und hörte mit Behagen den Regen auf sein Dach tropfen.

Am selben Abend saß der Weber Bieselt, an dessen Hause der Briefkasten angebracht war, unten in Altenroda im »Bleiernen Hecht«

und der Briefträger gab ihm einen Schnaps zum besten und sagte: »Also, Bieselt, wenn diesen Winter wirklich jemand mal bei Euch was in den Briefkasten stecken sollte, da laßt mich's wissen. Ich komm dann rauf, um zu leeren; denn Pflicht ist Pflicht.« Der Briefträger machte ein entschlossenes Beamtengesicht, als er das sagte.

Den Sperlingen ging's gut. Die Kost war schmal, aber das Haus war prächtig. Einmal aber in stiller Nacht, als beide geruhsam schliefen, hörten sie leise Schritte ... eine Hand tastete nach dem Kasten ... ein keuchendes Atmen hörte man ... dann flog ein Brief in den Spalt, flog gerade auf das erschrockene Ehepaar.

»So eine Gemeinheit!« schimpfte der Mann, als er sich von dem schweren Schlage erholt hatte; »ich muß sehen, wer das war.«

Er flog auf Kundschaft und kam bald zurück.

»Die schwarze Liese, die dumme Gans! Der steckt der Dragoner im Kopfe, der auf Ernteurlaub war, und nun schreibt sie ihm. Paßt sich das?«

Nein, nein, schüttelte das Weib ihr Gefieder, das passe sich ganz und gar nicht. Darauf trampelte der Mann wütend auf dem Briefe mit den Füßen herum und sagte: »Hilf, Weib! Wir buddeln den Brief unter.« Und sie buddelten ihn unter.

Zehn Tage später flog wieder in tiefer Nacht ein Brief durch die Spalte. Der Spatz war rasend, flog auf Kundschaft aus und kam bald zurück.

»Die Hubrichen, die alte Schwarte. Die schreibt gewiß an den Pinkus, daß sie die Zinsen nicht bezahlen kann! Hilf, Weib, wir buddeln den Brief unter!« Und sie buddelten ihn unter.

Am nächsten Freitag, schon vor Aufgang des Mondes, flog abermals ein Brief durch die Spalte. Der Spatz hätte mit den Zähnen geknirscht, wenn er welche gehabt hätte, flog auf Kundschaft aus und kam bald zurück. Er war blaß vor Zorn.

»Die Heinisch Selma, das Schaf, die schreibt auch an den Dragoner, der auf Ernteurlaub da war.« Und in höchster Entrüstung buddelten die beiden den Brief unter.

Zwei Tage später aber sauste schon wieder in später Stunde ein Brief durch die Spalte und eine leise Stimme draußen sagte: »Wenn mich bloß niemand sieht!«

»Das Dorf hat die Schreibwut«, schrie der Spatz, flog auf Kundschaft und berichtete, daß es die Häuslerin Steinert sei, die ohne Wissen ihres Mannes ihrem Jungen Geldbriefe schicke.

Ende November kam ein Kind geschlichen, das einen Brief ans Christkind dem Spatzenpaare auf die Köpfe warf. Alles wurde untergebuddelt.

Als aber Mitte Dezember die Hübner Frieda mit einem Briefe an den Dragoner, der auf Ernteurlaub gewesen war, angeschlichen kam, wurde der Spatz tobsüchtig.

Er riß das Lager auf, Brief um Brief empor und warf unter athletischer Anstrengung sämtliche Briefe mit Hilfe seines Weibes zur Spaltöffnung hinaus.

Am anderen Morgen trat der Weber aus dem Hause, sah die vielen Briefe im Schnee liegen, stieß einen Quieker aus, steckte alle Briefe wieder in den Kasten und sandte drei Tage später einen Eilboten an den Briefträger nach Altenroda.

Dieser kam schon vor Ablauf der nächsten Woche an, den Kasten zu leeren. Die Sperlinge aber waren inzwischen ausgezogen; denn durch die Papierlawine, die der Weber in den Kasten geworfen hatte, wären sie beinahe zerquetscht worden.

Der Briefträger leerte den Kasten, sah den Haufen Stroh, Heu, Federn, Moos und verschiedene andere Andenken der Spatzen und sagte mit einem amtlichen Blick auf den Weber: »Das Einwerfen fremder Gegenstände in öffentliche Postkästen ist verboten!«

Der Weber entgegnete nichts. Der Spatz aber meinte: »Heutzutage mag der Geier ein Sperling sein. Nicht mal im Briefkasten mehr hat man Ruhe!«

Hero und Leander

Die beiden Esel hießen Hero und Leander. Esel haben oft hochtrabende Namen. Der Kutscher von Hero und Leander hieß Dröselmann. Alle drei waren städtische Angestellte von Altenroda.

Hero und Leander hatten einen kleinen Wagen durch die Anlagen der Stadt zu ziehen, Müll abzufahren, manchmal etwas Gartengerät herbeizuschaffen, auch ein Fuderlein Sand oder Dünger zu befördern, und sie taten unter Führung ihres Kutschers Dröselmann das alles in gemessener, durchaus unüberhasteter Weise. Niemals gingen sie am »Bleiernen Hecht« vorüber. Sie blieben vor dem Wirtshause stehen und zwangen förmlich ihren Kutscher, einzukehren und seinen Schnaps zu trinken. Ein paarmal kam es dann vor, daß die Esel mit dem Wagen allein weiterfuhren und den Grünzeughändlern ihre Geschäftsauslagen, wie Kohlköpfe und Möhren, die vor der Tür ausgestellt waren, auffraßen, was Anlaß zu Geschimpfe und Beschwerden gab. Das alles aber war den Eseln egal. Sie hatten wenig Rechtlichkeitssinn.

Auch an der ersten Promenadenbank blieben die Grauen immer halten. Diese Bank hieß »Neubergers Ruh«. Professor Neuberger hatte viel Verdienste um die städtischen Anlagen von Altenroda, so daß man ihn durch Anbringung einer Tafel geehrt hatte, welche der ersten Promenadenbank seinen Namen gab.

Seit sich der zerstreute Gelehrte einmal auf ein Butterbrot gesetzt hatte, das ein Kind auf der Bank liegen gelassen hatte, versäumten humorliebende Gymnasiasten nie, auf dem Schulwege eine Butterstulle auf »Neubergers Ruh« als Falle zu deponieren, was den hellen Hosen des Professors noch verschiedentlich häßliche Flecken einbrachte.

Die beiden Esel Hero und Leander aber lungerten jeden Morgen auf das, was die anderen Esel, die nun in der Schule festsaßen, auf der Bank hinterlassen hatten. Lohnte sich der Fund, dann machte Dröselmann Halt, kratzte alle Butter mit dem Messer in eine Stullenecke zu einem Schlemmerbissen für sich selbst zusammen und verfütterte das Brot an seine Getreuen. Als die Gymnasiasten von solchem Tun Wind bekamen, ärgerten sie sich und schwuren Dröselmann und seinen Langohren Rache. An einem wunderschönen Juni-Nachmittage hatte sich Dröselmann, der ein bißchen lange im »Hecht« gesessen hatte, unter einem Baume, der an der Grenze zwischen Promenade und Eulenwald stand, schlafen gelegt. Die beiden Esel versanken in milde Träumereien. Es war alles so friedlich, daß niemand an die Nähe eines bösen Feindes geglaubt hätte. Und doch schlich er heran, und zwar in Gestalt des Obertertianers Müller III. Dieser berühmte Fährtensucher und Krieger, der in seinem Araberstamme den Namen »Vater der Stille« führte (wodurch seine Gewandtheit im Anschleichen angedeutet werden sollte), hatte vom Eulenwalde aus das Gespann und den schlafenden Kutscher erspäht und sich sofort angeschlichen, um festzustellen, ob Dröselmann auch wirklich schlafe, und ob da irgend etwas zu machen sei.

Der Eselmann Leander öffnete das linke Auge zu einem Blinzeln, stellte auch das linke Ohr etwas senkrecht und versuchte mit einem kleinen Schnaufer des linken Nasenloches nach der Richtung, wo Müller III anschlich, Witterung zu bekommen. Die rechte Hälfte Leanders schlief weiter.

»Liebe Frau«, sagte nach einiger Zeit Leander, »ich glaube, es kommt jemand.«

»Laß mich in Ruh«, schimpfte die Frau und schlug dem störenden Eheherrn die Schwanzquaste auf den Rücken. »Weib, da drüben ist was nicht recht richtig«, flüsterte der Mann.

»Du sollst mich in Ruhe lassen, schnaubte die Gattin und stieß mit dem Hinterfuße nach dem Manne.

»Aber Herochen«, klagte der Mann, »ich dachte doch nur ...«

»Du sollst nicht denken! Schlaf!«

Und er schlief, sowohl mit der rechten als auch mit der linken Seite; denn er war ein Esel und folgte dem Weibe.

Der »Vater der Stille« war jetzt nur zwei Schritte von dem Kopfe Dröselmanns und überzeugte sich, daß dieser in tiefem Schlafe lag. Dann schlich er zurück und rannte, als er sich sicher glaubte, nach dem Eulenwalde, wo unter der Querkaeiche sein Stamm, die Hullah-Araber, lagen. (Indianer spielen galt den Tertianern von Altenroda für zu albern; so was machten höchstens die Quartaner und die noch tieferstehenden Jahrgänge, mit denen man keine Fühlung hatte. Von Tertia an war man räuberischer Beduine.)

»Hört mich an«, sagte der ›Vater der Stille‹; ich, euer Scheich, habe erkundet, daß dieser Giaur, welcher sich Dröselmann nennt, schläft. Allah versenkte ihn in den Schlaf der Ungerechten, welche sich mit giftigen Getränken, die uns Rechtgläubigen verboten sind, berauschen. Die Stunde der Rache ist gekommen. Dieser Giaur hat uns wiederholt des täglichen Brotes beraubt, womit wir unseren Erzfeind, den Professor Neuberger, anlocken wollten. Allah schicke den Hund von Professor, der mir erst in der Osterzensur wieder ›mangelhaft‹ in der Naturkunde gab, in die tiefste Dschehenna!«

»Allahu ekber«, murmelten die Krieger.

»Was tut ein freier ben Arab?« fuhr der Scheich fort. »Er nimmt dem Feinde zunächst seine Rosse. Tapfere Krieger, edle Söhne des ruhmbedeckten Stammes der Hullah-Araber, sprecht mit mir die heilige Fatha, die erste Sure des Korans, und dann brecht mit mir auf, daß wir den Sieg an unsere Fersen heften und den Feind seiner Rosse berauben.«

Da rief der ganze Stamm: »Hamdullilah, Hamdullilah!« und tanzte um das Feuer, das entzündet war, in wilder Freude. Hadschi Ali ben Gorah ben Akiba aber, ein sehr betagter Stammesgenosse (er war nämlich in jeder Gymnasialklasse einmal sitzen geblieben), machte ein sorgenvolles Gesicht und sagte:

»Wenn wir, wie unser Scheich sagt, den Sieg an unsere Fersen heften, dann wird der Sieg hinter uns sein, das heißt mit anderen Worten, wir werden davonlaufen und die Sieger werden uns auf den Fersen sein.«

»Schweig, du Vater des vertrockneten Gehirns und Bruder der Kurzsichtigkeit«, zürnte der Scheich, »wie kann Dröselmann, der ein lahmes Bein hat, uns verfolgen, zumal wenn er trunken ist? Stammesgenossen, ich sage euch, schon nach einer halben Stunde werden wir die Sure des Sieges beten!«

»Allah il Allah!« rief der ganze Stamm.

»Laßt uns gehen; denn Asr, die Stunde des Aufbruchs, die beste des ganzen Tages, ist gekommen.«

Sie verbeugten sich in der Richtung gen Mekka und dann brachen sie auf, einer hinter dem anderen, huschend, gebückt, voran der Scheich. Jetzt waren sie vor einer Schonung.

»Gerade aus!« gebot der Scheich leise und kroch in die Pflanzung. Alle Hullah-Araber krochen hinterher, als letzter Hadschi Ali ben Gorah ben Akiba, der ob seiner Erfahrungen immer das Ehrenamt hatte, den Rückzug zu decken, und als Sohn des städtischen Försters auch die genaueste Ortskenntnis besaß.

Plötzlich erdröhnte ganz in der Nähe ein Schuß. Sämtliche Araber flogen auf die Nasen.

»Wartet, ihr Halunken«, donnerte die Stimme des Försters, »euch werde ich lehren, in die Schonung zu kriechen. Ich erschieße die ganze Bande!«

Die Araber fraßen sich vor Angst in den Sandboden ein. Ein zweiter Schreckschuß. Dann die Stimme des Scheichs: »Der Förster! Er schießt mit Hasenpfeffer! Jungens, lauft!«

Alles rannte. Der Förster fluchte. Am meisten fluchte er, als er seinen eigenen Sprößling unter den Waldfrevlern entdeckte, den Hadschi Ali ben Gorah ben Akiba. »Na warte, Fritze«, brüllte der Forstmann, »komm du mir nach Hause!«

Im Kastanienwäldchen sammelten sich die Hullahs. Der Scheich fand seine Fassung schnell wieder.

»Tapfere Krieger der Hullahs«, rief er; »ihr habt einen heimtückischen Überfall glorreich überwunden. Laßt uns die Sure des Sieges sprechen. Denn der Feind hat trotz seiner Feuerschlünde nichts über uns vermocht. Leider wird er durch seine Schüsse den geweckt haben, den wir überfallen wollten. Wir müssen also unseren Kriegszug für heute abbrechen.«

Er hatte nicht ganz recht. Zwar, als die Schüsse erdröhnten, waren auch Hero und Leander in wilder Flucht davongelaufen, hatten zuletzt den Wagen umgeworfen, die Geschirre zerrissen und waren von dem Förster eingefangen worden. Der Kutscher Dröselmann aber hatte von all diesen Ereignissen nichts bemerkt. Er erfreute sich eines gesegneten Schlafes.

Am nächsten Morgen wurde Dröselmann auf das Rathaus zitiert und ihm daselbst ein wenig freundlicher »Guten Morgen« gesagt.

Fünf Tage später durcheilte die Stadt das Gerücht: die Esel seien schon wieder durchgegangen. Diesmal aber waren sie nicht wieder eingebracht worden, sondern mit Geschirr und Wagen spurlos verschwunden. Das Gespann war offenbar gestohlen worden. Dröselmann mußte wieder aufs Rathaus kommen und wußte von dem ganzen Vorfall nichts zu melden, als daß er ob der ungeheuren Sommerhitze am Wegrande ein wenig entschlummert sei, und daß bei seinem Erwachen die Esel auf und davon waren.

Darauf sagte der Bürgermeister: »Gute Nacht, lieber Dröselmann, »wir brauchen Sie fürderhin nicht mehr. Schlafen Sie weiter recht wohl!«

Im Eulenwalde lag ein altes Jagdhaus, das sich ein adliger Herr in früherer Zeit gebaut hatte, das aber nun ganz in Verfall geraten und seit Menschengedenken unbewohnt war. Ein grasverwachsener Waldweg führte zu ihm, der kaum manchmal zu einer Holzfuhre benutzt wurde.

Nach diesem alten Jagdhause schafften die Hullah-Araber ihre Beute, und der Zufall wollte es, daß sie ganz unbemerkt blieben.

Die Hullahs feierten ein großes Siegesfest, und es zeigte sich, daß jeder seinen Karl May gründlich kannte.

»Tapfere Krieger«, rief der Scheich, »seht ihr sie leuchten, die Sonne unseres Ruhmes? Seht ihr sie stehen, die erbeuteten Rosse und Wagen unseres Feindes? In allen Zelten des Morgenlandes, bei den Wachtfeuern der Wüste und an den Ufern des Nils wird man von unserer Großtat sprechen.«

»Allahu ekber!« riefen die Krieger und entzündeten ihre Pfeifen.

»Tapfere Krieger«, fuhr der Scheich fort, »ein echter ben Arab liebt sein Roß; seht, wie ich dem meinen den Kuß des Friedens gebe!«

Er näherte sich dem Kopfe der Eselin und wollte sie küssen. Hero aber schnappte nach ihm; auch bespritzte sie ihn aus ihren Nasenlöchern.

»Dieses Roß«, sagte der Scheich, indes er sich das Gesicht abwischte, »tut noch etwas fremd zu mir. Ich will ihm zeigen, daß ich sein Freund bin.«

Nun brachte er eine Menge Zuckerstücke zum Vorschein, die er den Vorräten seiner Mutter entnommen hatte, und fütterte die Eselin.

»Weib«, sagte der Esel Leander; »lasse dich nicht von einem Manne, der dich hat küssen wollen, mit Zucker speisen.«

»Ach, du bist wohl eifersüchtig?« fragte die Frau und fraß dann erst recht.

Da seufzte der Mann: »So sind die Weiber!« Aber er fügte sich drein; denn er war ein Esel. Hadschi Ali ben Gorah tröstete ihn mit einem Bündel Möhren.

Hadschi Ali stand neuerdings beim Stamme wieder in höchsten Ehren; denn seine Deutung von der Heftung des Sieges an die Fersen hatte sich bewahrheitet, und obwohl sich von väterlicher Seite wegen des Betretens der Schonung der Sieg nachträglich sogar auch noch an Alis Hosenboden geheftet hatte, war der Edle doch dem Stamme treu geblieben und hatte sich an der neuen Kriegstat beteiligt.

Auch die anderen Hullah-Araber hatten für die beiden erbeuteten »Rosse« allerhand Leckerbissen mitgebracht, sogar Weißbrot und Schokolade, so daß Leander seine Hero anschmunzelte und sagte: »Die Lauseigel sind gut. Wir haben unsere Lage verbessert!« Hadschi

Ali ben Gorah aber legte seine sechzehnjährige erfahrene Stirn in Falten und sagte:

»Was fangen wir nun mit den Eseln an?«

»Zuerst müssen wir furagieren«, sagte Mullah ben Nadir, dessen Vater beim Train gedient hatte. »Esel brauchen Heu. Ich weiß eine Wiese in der Nähe, wo Heu zu haben ist. Auch Klee mögen sie.«

Dieser Vorschlag wurde angenommen; der Scheich und zwei Krieger zogen aus, um zu erkunden, ob Wiese, Kleefeld und Weg sicher seien, und dann brach der ganze Stamm auf und schaffte ein Fuder Heu und Klee herbei. In dem alten Jagdschloß waren noch bedeckte Räume genug, daß das Eselpaar einen Stall, der Wagen eine Remise fand.

»Was machen wir nun mit den Eseln?« fragte der weise Ali wieder. »Es genügt nicht, wenn wir sie bloß immerzu füttern.«

»Nein«, sagte Ibn Dschisirah, »wir müssen sie reiten. Esel sind Reittiere.«

»Wir haben keine Sättel«, warf Ali ein.

»Sättel«, höhnte der Scheich; »wie oft ist der große Kara ben Nemsi, den sie im Abendlande Karl May nennen, ohne Sattel geritten! Ich werde es euch zeigen; denn ich bin euer Scheich.«

»Hai! Hai! Der Vater der Stille!« jubelten die Krieger. Der Scheich schirrte nun die Eselin ab, gab ihr die zärtlichsten Kosenamen, erinnerte sie an den Zucker, den er ihr verehrt hatte, und schwang sich mit einem kühnen Schwünge auf den Rücken des Tieres.

Der Erfolg war ein gewaltiger. Hero drehte erst verwundert den Kopf um, was bedeuten sollte: »Nanu? Was ist das für eine Frechheit?« Dann wippte sie ein wenig mit dem Rücken, dann machte das Vieh unvermutet einen kreuzförmigen Satz, einen wahren Zaubersprung, zugleich nach vorn, hinten, rechts und links, so daß der Scheich wie eine abgeschossene Rakete in die Luft flog.

»Allah kerim!« riefen erschrocken die Krieger.

Der Scheich, der nach glänzender Kurve gelandet war, erhob sich. Er hatte sich gewaltig geschlagen, ließ aber nichts merken, sondern sagte gleichmütig:

»Dieses Roß scheint falsch zugeritten zu sein. Ich will das andere probieren.«

Nun kam Leander an die Reihe. Leander hatte mit Behagen zugesehen, was für Teufelsmätzchen sein Weib mit dem Araber vollführte.

»Ja, ja, lasse sich einer mit der ein, mit der wird kein Esel fertig«, sagte er bei sich. Während sich nun der Scheich mit ihm zu schaffen machte, dachte sich Leander: »Wie wäre es, wenn ich den Schlingel auf mir reiten ließe? Gewiß bekäme dann das nächste Mal ich den Zucker und das Weib bekäme nichts; das würde sie sehr kränken.«

Aus diesen ehelichen Erwägungen heraus ließ Leander den Scheich aufsteigen und setzte sich in gemütlichen Trab mit ihm.

Die Hullahs waren außer sich vor Entzücken.

»Er reitet! Er reitet wirklich! Er fällt nicht herunter!« riefen sie. Der Scheich aber sagte leuchtenden Auges:

»So reitet ein ben Arab!«

»Was machen wir wegen der Esel?« fragten sich auch die Räte der Stadt Altenroda. Sie empfanden den Verlust der Tiere als eine Schande. Das »Stadtblatt« und einige benachbarte Zeitungen machten in Poesie und Prosa böse Witze über die Affäre. So wurde schließlich auf die Wiedereinbringung der schamlos gestohlenen Esel eine Belohnung von dreihundert Mark gesetzt, die auch bald auf fünfhundert erhöht wurde. Im »Löwen«, im »Roß« und im »Hecht« aber wurde fast von nichts anderem gesprochen als von dem entschwundenen Stadtmarstall, und es wurden große Wetten abgeschlossen, ob die Tiere wiederkommen würden oder nicht. Schließlich erhöhten diejenigen, die, auf die Rückkehr der Esel gewettet hatten, die Prämie von sich aus auf tausend Mark. Der abgesetzte Eselskutscher Dröselman hatte der Stadt den Rücken gekehrt und war nach Berlin gezogen, wo er zwei Brüder hatte, die von ähnlichem Kaliber waren wie er. Seine Frau hatte Dröselmann in Altenroda zurückgelassen.

Den Eseln erging es indessen im Eulenwalde vorzüglich. Wenn sich der Stamm der Hullah-Krieger auch nicht täglich vollzählig versammelte, was wegen verschiedener schwerer Hinderungsgründe nicht immer möglich war (Klavierstunde, Tante zu Besuch, zum Schneider maßnehmen gehen, Strafarbeiten machen, Arrest absitzen und so), es waren doch immer einige der Helden anwesend und vergaßen nie, manches Leckere mitzubringen. Die Esel waren des Nachts angebunden, wurden aber am Nachmittag losgelassen und führten ein freies Leben voller Wonne. Leander, der gutmütige Mann, ließ auf sich reiten, bei Hero, der störrischen Eselin, aber gelang es nur dem

Scheich, einen Rekord von elf Sekunden aufzustellen, dann flog auch er unweigerlich.

Manchmal in stiller Nacht, wenn sie allein waren, sagte der Mann: »Ach, Frau, in diesem verwunschenen Schlosse ist es schauerlich zur Nachtzeit. Hörst du, wie das Käuzchen schreit und wie laut der Bach rauscht? Auch klappert der Wind mit den Dachsparren.«

»Er klappert nicht! Du klapperst! Und zwar mit den Zähnen. Du bist ein Feigling!«

»Ach, Frau, ich wollte gewiß mutig sein wie ein Löwe, wenn ich nur erst wieder bei Papa Dröselmann im Stalle stände. Da wohnten Menschen ringsum und zwei Hunde sind im Hofe, ein Boxer und ein Pinscher, der die ganze Nacht bellt.«

»Du bist ein Esel, darum bist du dumm; wärst du eine Eselin, so wärst du klug. Geh nur zu deinem Dröselmann, lasse dich alle Tage an den Wagen spannen, schleppe Lasten und kriege schlechtes Futter! Geh, geh! Ich bleibe hier. Und wenn du gehst, wirst du noch etwas Dümmeres sein als ein Esel.«

»Nämlich was denn?«

»Ein Witwer!«

»O weh, ein Witwer will ich nicht sein!«

»So halt's Maul! Männer, die nicht Witwer sind, haben das Maul zu halten.«

Das tat denn Leander und fürchtete sich in dem einsamen Waldhause halb zu Tode. Erst wenn der Morgen kam, schlief er ein.

An einem Sonntagnachmittage, als fast der ganze Stamm der Hullah versammelt war, sagte der Scheich:

»Tapfere beni Hullah! Es find zwölf Tage und zwölf Nächte vergangen, seit wir auf unserem glorreichen Kriegszuge die Rosse des Giaurs Dröselmann erbeuteten. Ihr habt gehört, was diesem Vater der Verschlafenheit und Enkelsohne der Kümmelflasche begegnet ist. Sein Mudir (Bürgermeister) hat ihn aller seiner Ehrenstellen entsetzt und seiner Einkünfte entkleidet. Er hat ihn in die Verbannung gejagt, wo ihn die Krokodile der Verzweiflung fressen werden. Allah verbrenne seine Seele in Spiritus. Was uns dieser Giaur geschadet hat, ist gerächt. Der freie Sohn der freien Wüste aber, der ben Hullah, ist großmütig und edel. Wenn seine Rache erfüllt ist, hört er auf, zu strafen.

Nun komme ich auf die Stadt zu sprechen, welche Altenroda heißt. Gewiß, es wohnen in dieser Stadt vielerlei Bösewichte, wozu insonderheit die Professoren der Schule gehören, welche das Gymnasium heißt.«

»Allah! Wallah! Tallah!« knurrten die Krieger.

»Allah«, fuhr der Scheich fort, »wird diese Giaurs samt und sonders an einen Spieß stecken, und über dem tiefsten Schlünde der Feuermolche in der Dschehennah zappeln lassen.«

»Allah! Wallah! Tallah!« heulten die Krieger in wildem Fanatismus.

»Aber, beni Hullah, mein Ohr hat vernommen, daß einige unter euch Verwandte in Altenroda haben, und deswegen wollen wir die Stadt nicht vernichten, sondern ihr Gnade zuteil werden lassen.«

Die Männer brummten irgend etwas Arabisches.

»Ich weiß, teure Stammesgenossen, die Milde fällt euch schwer. Zu arg und schändlich seid ihr in jener Stadt oft erzürnt worden. Aber der Starke sei gnädig dem Schwachen. Um eurer Verwandten willen will ich die Stadt begnadigen und ihr die Esel zurückerstatten, um die sie jammert.«

Unwilliges, ja drohendes Gemurre.

»Hört mich, edle beni Hullah – ich habe noch andere Gründe für meine Milde. Das größte El Asr des ganzen Jahres, die größte Stunde des Aufbruchs steht bevor. (Der Scheich meinte den Beginn der großen Ferien.) Die Hullah zerstreuen sich dann auf lange Zeit; der eine zieht dorthin, wo auf weiten Steppen die Herden grasen; der andere erklimmt die höchsten Felsengipfel der Welt; der dritte stürzt sich in das Meer, um Perlen zu suchen; ein vierter sucht seinen ruhmreichen Großvater auf. Niemand wird hier bleiben, um unsere Roßherde zu bewachen und sie gegen den Überfall von Feinden oder vor wilden Tieren zu beschützen. Was soll aus ihnen werden?«

Düster sahen die Männer vor sich hin. Ihre herrliche Beute freizugeben, auf den Spaß zu verzichten, alle Tage die Altenrodaer Bürger von den verschwundenen Eseln Mirakeln zu hören, sich selbst ihres köstlichen Geheimnisses zu berauben, keine Reittiere mehr zu haben, das alles erschien ihnen Wahnsinn.

»Was du planest, o Scheich«, sagte Omar ben Gandesi zornig, »verhüte der Prophet!«

»So möge eure Weisheit entscheiden«, antwortete der Scheich verstimmt, »was nach dem großen El Asr mit unseren Viehherden geschehen soll!«

Alle versanken in dumpfes Sinnen. Die Pfeifen dampften. Endlich sagte der weise Ali:

»Wenn wir sie schon selbst nicht behalten können, so wollen wir sie doch der feindlichen Stadt Altenroda nicht zurückgeben. Möge diese Stadt zum Gelächter der ganzen Welt die esellose genannt werden in Ewigkeit. Wir werden die Esel aus ihrer schmachvollen Sklaverei erlösen, wir werden ihnen die Freiheit geben. Wald, Feld und Flur sollen ihre Weide sein, der Sternenhimmel ihr Zelt, und zu Mogreb, der Stunde des Frühgebetes, schon möge alltäglich ihr Feierabend beginnen.«

»Wohl gesprochen, edler Ali; auch ich bin für die Freiheit der Esel. Aber bedenke, was aus ihnen werden soll, wenn die Regenzeit eintritt oder wenn feindliche Stämme ihnen nachstellen.«

So sprach der Scheich. Da sprang Omar den Gandesi erregt auf und rief:

»Ich hab's! Allah hat mein Herz erleuchtet und meinen Verstand scharf gemacht wie die Zähne des Krokodils. Ihr wißt, daß die Obrigkeit von Altenroda auf die Wiedereinbringung der Esel einen Preis von tausend Silberstücken gesetzt hat. Lasset uns mit den Eseln vor das Rathaus ziehen, sagen, wir haben sie im Walde eingefangen, und uns den Preis einfordern. Wenn wir ihn teilen, hat bei El Asr, der Stunde des Aufbruchs, jeder soviel Geld, daß sein Weg mit Rosen bestreut sein wird und sich in allen Herbergen die Diener vor uns reichen Männern neigen werden.«

»Hamdullilah!« schrien die Krieger, und sie reichten sich die Hände und tanzten vor Freude. Nur der Scheich und der weise Ali blieben sitzen.

Als der Tanz aufhörte, sprach der Scheich:

»O, ihr Kinder des Unverstandes und Väter des Leichtsinnes! Was ihr planet, würde unser aller Verderben sein. Man würde euch durchschauen, euch nicht die tausend Silberstücke, sondern die Bastonade geben, sowie euch elendiglich einkerkern.«

»Der Scheich hat recht«, sagte Ali düster; denn er dachte an seinen Vater, den Förster. Da wurden sie alle still, und bleierne Ratlosigkeit lag über der Versammlung.

Endlich stand der Scheich auf und hielt eine Rede von solchem Bilderreichtum und von so hinreißendem Feuer, wie sie eben nur von einem Orientalen gehalten werden kann. Als er geendet hatte, reichten ihm seine Krieger die Hände, und in aller Augen lag hoher Stolz und fester Entschluß.

Die Johannisnacht war gekommen. Auf dem Ochsenkopf wurde ein mächtiges Johannisfeuer angezündet. Goldig flackerte es auf in der pechschwarzen Neumondnacht, und alles Volk aus der Stadt vergnügte sich und hatte sich zum Feste hinaus begeben. Selbst die größeren Kinder genossen in dieser Nacht Freiheit. Jenseits vom Ochsenkopf aber, im Eulenwalde, im Lager der Hullahs, regte es sich.

»Wir sind vollzählig beisammen«, sagte der Scheich. »Allah hat keinen um die Ehre bringen wollen, an der Heldentat, die wir vorhaben, teilzunehmen. Betet die heilige Fatha!«

Die Krieger verbeugten sich gegen Mekka, was in der herrschenden Finsternis leider nach vier verschiedenen Richtungen geschah, dann wurden die Esel aus dem Stalle geführt und an den Wagen gespannt. Der Scheich mit zwei Spähern ging voraus, der Wagen mit Begleitung folgte. Hadschi Ali ben Gorah kommandierte den Nachschub. Mit allerhöchster Vorsicht schob sich die Karawane weiter. Bei einem Gemüsefelde wurde Halt gemacht. Der Scheich entlehnte sich von einer Vogelscheuche einen alten Frack, einen fürchterlichen Zylinder und ein Halstuch; auch band er sich eine Gesichtslarve vor, die er vom letzten Fasching her besaß. So ausgerüstet, war er schrecklich anzuschauen. Er entließ nun mit einer Handbewegung alle seine Krieger und fuhr ganz allein hinein in die feindliche Stadt. Voller Bewunderung sahen die Hullahs dem unvergleichlichen Helden nach.

Die Stadt war wie ausgestorben. Was nicht zum Johannisfeuer gegangen war, steckte in den Häusern. Nur bei einer Straßenlaterne saßen drei alte Frauen auf den Haustürstufen und schwatzten.

Als sie das gespensterhafte Gefährt daherkommen sahen, schrien sie gellend auf, stürzten ins Haus und warfen die Tür hinter sich zu. Das erste der Weiber wurde ohnmächtig, das zweite schrie in Todesangst fortwährend, es hätte den Leibhaftigen gesehen, das dritte nahm Baldriantropfen.

Fernerhin unbemerkt gelangte der Scheich bis zum Marktplatz. Dort führte er sein Gespann an einen dunklen Straßeneingang, strängte die Esel ab, streichelte sie noch einmal zärtlich und verschwand im Dunkeln.

Vom Ochsenkopf kam mit Marschmusik und Hunderten von Fackeln der Festzug vom Johannisfeuer heim. Voran schritt der Bürgermeister. Es war in Altenroda nicht Sitte, daß, wie anderwärts, die Obrigkeit die Volksfeste nur huldvoll genehmigte, mit Steuern belegte und polizeilich überwachen ließ, sondern sie, die Obrigkeit, mußte mitmachen, sich persönlich beteiligen. Immer mehr Fackeln erfüllten den Marktplatz, die Musik dröhnte, der Bürgermeister erklomm die Freitreppe, um die übliche kleine Ansprache zu halten.

»Bürgerinnen und Bürger unserer lieben Stadt! Der Johannisabend ist für alle ein Fest der Freude!«

»I-a, i-a!« tönte es von irgendwo her. (Das sind wieder Schulbuben, die Unfug treiben, denken alle.)

»Zwar ist es schön und friedlich in den Mauern unserer Stadt, aber herrlich ist es doch, in holder Sommerzeit einmal hinauszuschweifen nach Wald und Berg ...«

»I-a, i-a!«

Plötzlich ein begeistertes, markerschütterndes Schreien. Und nun folgt ein Hexensabbath: »Die Esel! Die Esel!« Fackeln drängen nach einer dunklen Ecke.

»Die Esel! Die Esel!«

»Was ist los? Was gibt es?«

»Die Esel sind da! Unsere Esel sind da! Unsere lieben Esel sind da! Unsere Stadtesel sind da!«

Die ganze Menge gerät in Tumult. Der Bürgermeister läßt zwei Trompeter blasen.

»Ruhe! Was gibt es?«

Bäckermeister Chibulke schreit mit seiner Löwenstimme über den Platz:

»Unsere Stadtesel sind da! Hero und Leander. Da stehen sie an der Eulengasse!«

»Herbringen! Zeigen! Die Esel! Die Esel!«

Über den Marktplatz bewegt sich, von vier Männern und zahlreichen Fackeln begleitet, das Eselsgespann. Die Leute staunen sich die Augen aus den Köpfen, sie zappeln, schlagen mit den Händen, schreien.

Vor dem Bürgermeister hält das Gespann. Es tritt tiefe Stille ein. Der Bürgermeister blickt die Esel entgeistert an.

»Wo kommen die her?« fragt er.

»Ich weiß nicht«, sagt der Bäcker. »Am Eingang der Eulengasse haben sie gehalten, ganz ohne Kutscher.«

»Es ist ein Plakat an dem Wagen«, ruft einer.

»Vorlesen! Vorlesen! Ru–uhe!«

Ein Mann liest von der Freitreppe aus das Plakat vor, das an dem Eselswagen war:

»Bürger von Altenroda!

Um eurer zahlreichen Sünden und Missetaten willen seid ihr gestraft worden, daß ihr euer schönes Eselsgespann verlöret und die ganze Welt über euch lachte. Diesmal soll Gnade für Recht ergehen, und ihr bekommt euer Gespann wieder. Das nächste Mal fällt es strenger aus! Seid also gut zu euren Armen und nachsichtig mit eurer Jugend! Sonst wehe euch! Die tausend Mark Belohnung soll die Frau Dröselmann bekommen, die durch eure Härte des Ernährers beraubt worden ist. Tut ihr das nicht, so werdet ihr die Esel nicht lange behalten. Gezeichnet: Die Männer des Rechts.«

Ein ungeheures Gelächter ging los. Nur die Hullahs standen still und stolz da, und ihr Scheich hüllte sich schweigend in seinen Burnus.

Die tausend Mark wurden wirklich an die Frau Dröselmann gegeben. In Altenroda herrschte viel zu viel Humor und Biedersinn, als daß das nicht geschehen wäre. Frau Dröselmann, die ohnehin froh war, daß sie ihr altes Trinkhuhn von Mann los war, schlug selig die Hände zusammen, als sie das Geld bekam, und sagte:

»Gott sorgt'! Der Mann ist fort, und die Esel sind da!« Darob wurde sie zur städtischen Eselkutscherin ernannt. Sie verrichtete ihr Amt ausgezeichnet, hielt vor keinem Wirtshaus, war zuverlässig und betreute ihre Tiere mütterlich …

Nur wenn sie in die Gegend kam, wo die Promenade an den Eulenwald grenzt, wollten ihr die Grauschimmel allemal durchgehen. Eine unbändige Sehnsucht zog Hero und Leander nach dem alten Jagdhause im Eulenwalde. Und wenn sie eine bunte Gymnasiastenmütze sahen, zitterten sie vor Freude.

Ansorge

Wie Ansorge mit dem Vornamen hieß, wußte in Altenroda kaum ein Mensch. Etwa bis zum vierzehnten Jahre wurde er »Ansorgerle« gerufen; vom vierzehnten bis dreißigsten Lebensjahre hieß er »der junge Ansorge«, von da an schlechtweg »Ansorge« und über das fünfundfünfzigste Lebensjahr hinaus »Vater Ansorge«.

»Ansorge« ist ein unvollkommener Name. Man weiß nicht, ob der Mann, der ihn trägt, reich oder arm »an Sorge« ist. Ist er reich daran, dann ist er natürlich arm; ist er arm daran, so ist er gewöhnlich reich. Eine nur scheinbar verzwickte Geschichte, deren Richtigkeit jeder leicht einsehen wird. Vielleicht kann »Ansorge« auch »Ohnesorge« heißen, wie kluge Sprachler behaupten, aber das trifft auf unseren Mann nicht zu.

Mit diesem Ansorge war die Sache überhaupt nicht so einfach wie mit den Ansorges insgemein; er war nämlich reich an Geldmitteln und trotzdem auch reich an Sorgen. Und die Angelegenheit gestaltet sich noch seltsamer, wenn man hört, daß Ansorge persönliche Sorgen nur viermal im Leben hatte: einmal in seinem dreiundzwanzigsten Lebensjahre eine ungetreue Liebste, einmal im siebenunddreißigsten Lebensjahre eine falsch behandelte Zahnfistel, einmal in seinem dreiundvierzigsten Lebensjahre die Kündigung seines Prokuristen und einmal im siebzigsten Lebensjahre die Sorge um die Gesundheit seines Trauergefolges.

Ansorges Sorgen galten immer anderen Menschen. Weil er sich selber nicht wichtig vorkam, hatte er auch um sich selbst keine Sorgen; aber weil ihm die Schicksale anderer Menschen am Herzen lagen, kam er sein Lebtag aus dem Kummer nicht heraus.

Als Knabe machte sich Ansorgerle Schmerzen darüber, daß Paul Distelfink keinen Springkreisel besaß, da er doch wußte, wie sehr sich der Junge ein solches Spielzeug wünschte. Da bot er eilig und freundlich dem Knaben seinen eigenen Kreisel an. Distelfink aber war ein Ruppsack, sagte, er sei kein Betteljunge, und mochte den Kreisel nicht. Darauf legte Ansorgerle den Kreisel auf Distelfinks Schulweg und paßte, hinter einem Strauche versteckt, auf, ob er ihn finden werde. Distelfink fand den Kreisel und schrie: »Den alten Kreisel trag' ich aufs Fundbüro!«

Das war eine der fremden Sorgen, von denen Ansorge sehr früh erkannte, es sei gar nicht so leicht, ihnen abzuhelfen.

Eine schlimme Sache war das mit der verunglückten Liebe. Ansorge hatte Emma Rillek von seinem siebzehnten Jahre an geliebt und sich mit ihr in seinem zwanzigsten Jahre heimlich verlobt. Emmas Mutter, die Witwe war, durfte nichts wissen. Sie ahnte auch wirklich dann noch nichts, diese strenge Frau, als der junge Ansorge ihrer Tochter zum Geburtstag eine Wäscheaussteuer schenkte, in der allein zwei Schock leinene Handtücher waren, und nächste Weihnachten eine Zimmerausstattung und einen Silberkasten. Die Witwe Rillek war arm. Wie soll eine arme Frau auch gleich auf den Gedanken kommen, ein junger Mann habe mit der Tochter etwas vor, wenn er ihr einmal einige Sachen schenkt? Ansorge freute sich unbändig, daß die Frau so ahnungslos war, und schenkte Kleider, Pelzwaren, Küchengeräte, Halsbänder, eine goldene Uhr und solche Dinge mehr. Die Mutter blieb immer gleich ahnungslos.

Am 6. Mai wollte Ansorge um Emma anhalten. Dann war er fast dreiundzwanzig und sie eben sechsundzwanzig geworden. Das rechte Alter und Verhältnis zum Heiraten.

Am 3. Mai traf sich Ansorge mit Emma im Eulenwalde. Er hatte immer Angst, die strenge Mutter könne hinter diese heimlichen Stelldicheine kommen. Wie schrecklich, wenn sie ihm dann die paar Geschenke, die er Emma gemacht hatte, zurückschickte!

An diesem 3. Mai merkte Ansorge seiner Emma eine gewisse Beklemmung an. Er redete ihr liebevoll zu, sich doch ja keine Sorgen zu machen und ihm alles anzuvertrauen, was sie drücke. Da brachte Emma endlich heraus: »Ansorge, du könntest mir einmal einen Gefallen tun.«

Er sagte, daß er sich gern gefällig zeigen werde.

»Aber es ist ein großer, schwerer Gefallen!«

»Das tut nichts«, sagte Ansorge und lachte sie aufmunternd an.

Da schluckte sie ein paarmal, wurde knallrot und sagte dann stockend:

»Ich möchte – daß du einwilligst – daß ich den Paul Distelfink heirate«

Erst verstand er sie nicht.

»Wie?« fragte er. »Bitte, sage es noch einmal!«

Da ergoß sich eine Flut von Worten über ihn. Es sei ja bloß deshalb so gekommen, weil sie doch eben Nachbarskinder gewesen seien, der Distelfink und sie, beide – wie er ja wohl wisse – in der Gerbergasse aufgewachsen. Da komme halt so was. Und dann, er solle ihr doch den Gefallen tun und einwilligen – es ginge überhaupt nicht mehr anders.

Er schritt ganz still neben ihr her. Eine große Sorge, ein schwerer Herzenskummer war plötzlich über sein eigenes Leben gekommen. Sie redete immer weiter, weinte, sagte, daß sie todunglücklich würde, wenn er nicht nachgäbe.

Da gab er nach. Beim Abschiede war er freundlich, er tröstete sie und wollte ihr sogar – wie immer – ein Goldstück für »kleine Ausgaben« schenken. Aber stolz – wie ehedem der Knabe Distelfink den Kreisel – schlug sie das Goldstück aus.

Noch in der Nacht desselben Tages wurde der junge Ansorge sehr krank. Dr. Schicketanz betreute ihn. Schicketanz hatte in Prima gesessen, als Ansorge in der Untertertia sitzen blieb, hatte es aber nicht verschmäht, sich von dem reichlichen Taschengelde des so tief unter ihm stehenden Mitschülers damals immer das Tabaksgeld zu leihen, das er bis heutigen Tags nicht wiedergegeben hatte. Nun war Schicketanz Arzt in Altenroda, Ansorge der Besitzer der von seinen frühverstorbenen Eltern ererbten Fabrik, und nun saß Dr. Schicketanz an dem Krankenlager des Ansorge.

Sie siezten sich. Einer, der schon in Prima war, da der andere in Untertertia kleben blieb, kann unmöglich zu ihm »du« sagen, wenn nicht etwa das Leben es später so besonders eigentümlich gefügt hat.

»Lieber Herr Ansorge«, sagte Dr. Schicketanz nach achttägiger Behandlung, »organisch sind Sie gesund. Ihr ganzes Übelbefinden – daß Sie nicht essen und schlafen können, daß Sie natürlich dadurch abmagern und schlaff werden, sich elend fühlen – beruht auf nervöser Grundlage. Zunächst müssen Sie mal erst etwas zu Kräften kommen, dann schicken wir Sie auf Reisen.«

Er ist ein guter Arzt, dachte Ansorge. Was der Grund zu den nervösen Grundlagen seines Todkrankseins war, erzählte er dem Doktor nicht. Das war auch nicht nötig. Ganz Altenroda wußte Bescheid.

In dieser sorgenvollen Zeit seines Lebens quälte sich der junge Ansorge besonders mit der einen Frage: Ob sie mir wohl meine Geschenke zurückschicken werden?

Die Geschenke kamen nicht zurück. Da freute sich Ansorge und sagte zu sich selber: »Es sind doch rücksichtsvolle Menschen. Das tun sie mir nicht an.«

Auch an Distelfink dachte er nun freundlicher. Damals mit der Abweisung des Kreisels hatte ihn Distelfink gekränkt. Nun nahm er – was ihm gewiß schwer wurde – die mancherlei Sachen, die er der Emma verehrt hatte, an. Das war nett von dem Distelfink. Überhaupt – alles hätte er haben können, nur gerade die Emma hätte er ihm nicht nehmen sollen.

Über die Bitternis dieses Gedankens kam Ansorge Wochen, lang nicht hinweg, und Dr. Schicketanz hatte zu tun, ihn aufrecht zu erhalten.

Dann ging der junge Ansorge zwei Jahre auf Reisen. Als er gesund und kräftig zurückgekommen war, erschien eines Tages Paul Distelfink in seinem Privatkontor und sagte:

»Alter Freund, ich komme mit einer Bitte. Emma und ich haben gestern das dritte Kind bekommen. Es ist unser erster Junge. Nun wollen wir dich herzlich bitten, Pate zu sein. Es soll ja Glück bedeuten und eine Ehre sein, wenn man beim ersten Jungen aus einer Ehe Pate ist. Nun, Ehre und Glück hast du ja wohl nicht nötig, aber uns nähmst du halt eine Sorge ab, wenn du Pate wärst.«

Ansorge sah den Bittsteller mit seinen stillen Augen an. Er überlegte. Er überlegte lange. Dann sagte er sich: »Warum soll ein kleiner unschuldiger Junge keinen Paten haben?« Und er sagte zu.

Zwei Tage nach der Taufe kam die Mutter Emmas, die Witwe Rillek, ins Privatkontor, flennte und sagte:

»Ach, Herr Ansorge, Sie sind gewiß der beste Mensch von der Welt. Meine Emma, meine Emma, nein, diese schreckliche Gans. Ich muß mich einmal aussprechen zu Ihnen, Herr Ansorge, sonst drückt es mir noch das Herz ab. Ich denke immer, Sie könnten eine schlechte Meinung von mir haben. Aber ich war unschuldig, Herr Ansorge, ganz unschuldig. Ich habe schon, als Sie siebzehn Jahre alt waren und die Emma zwanzig, gemerkt, daß Sie wohl dem Mädel gewogen waren, und es war mein Stolz. Aber das dumme Ding, das vermaledeit dumme Ding, und der Kerl, der Distelfink, der keine drei Taler in der Tasche hat – o, Herr Ansorge, wenn Sie wüßten, wie oft ich das dumme Mädel gehauen und ihr immer gesagt habe: daß du ja den Ansorge nimmst, der ein so anständiger Mensch ist und dir so noble Geschenke macht! Sie hat's nicht getan!«

Ansorge saß ganz still da. Das war also die gestrenge Mutter, vor der er sich gefürchtet hatte!

»Womit könnte ich Ihnen denn dienen, Frau Rillek?«

»Ach Gott, Herr Ansorge, sehen Sie mal, wie halt doch das Leben teuer ist, und dann die vielen Krankheiten! Die Älteste von der Emma, die Pauline, hat dreimal Zahnkrämpfe gehabt. Die zweite, die Meta, haben wir impfen lassen müssen, Distelfink war drei Wochen in Behandlung wegen eines Nackengeschwürs, und ich mußte auch ein paarmal zum Arzt wegen meines Reißens. So haben sich halt beim Dr. Schicketanz – er verteuert ja die Leute – hundertzehn Mark angesammelt, und nun, wo wir schon wieder das dritte haben – die Hebamme, das unverschämte Weib, hat zwanzig Mark verlangt – wer soll nun die hundertzehn Mark an Schicketanz bezahlen?«

»Die bezahle ich!« sagte Ansorge.

»Ich danke!« sagte Frau Rillek und flennte.

So war die Geschichte von Ansorges Liebe zu Ende und seine erste persönliche Sorge vorbei.

Die zweite persönliche Sorge hatte Ansorge im siebenunddreißigsten Lebensjahr durch ein Zahngeschwür. Er hatte einen Freund, der ein guter Zahnarzt war. Doktor Neumann hieß er. Als Ansorge aber eines Tages heftige Zahnschmerzen bekam, überlegte er tagelang, ob er zu Dr. Neumann gehen solle. Es wohnte nämlich an der nächsten Straßenecke ein Dentist, ein junger Anfänger, mit dem es nicht vorwärts ging und der Ansorge auf der Straße immer mit einem demütig bittenden Blick ansah, aus dem deutlich zu lesen war: »Sei doch so gut, du reicher Mann, kriege einmal Zahnschmerzen und komme dann zu mir!« Also, Dr. Neumann hatte eine große Praxis und war wohlhabend, der Dentist war ein armer Teufel. Vertrauen hatte Ansorge zu dem jungen Manne nicht, aber die Menschenliebe gebot ihm, den armen Anfänger zu unterstützen. Er ging mit seinen verschleppten Zahnschmerzen zu ihm.

Am dritten Tage, an dem der Dentist den sehr schwierig liegenden Fall Ansorges behandelte, geriet der Patient in Lebensgefahr. Es trat schwere Blutvergiftung ein. Dr. Neumann und eine eiligst aus der Hauptstadt herbeigerufene medizinische Größe hatten Mühe, das Leben Ansorges zu erhalten. Furchtbare Qualen hatte der Arme bereits ausgestanden; nun wurde ihm durch eine Operation der Kiefer zerstemmt, die Wange geschlitzt.

Wochenlang war Ansorge schwer krank. Als er genas und im Spiegel sein verunstaltetes Gesicht sah, das bisher immer so hübsch rund und so glatt rasiert gewesen war, beschloß er, sich einen Vollbart wachsen zu lassen. Er hatte sein Lebtag Vollbärte nicht ausstehen mögen, aber nun war es nötig, das Wundmal durch einen Bart zu verdecken, damit die Leute nicht immer an den Mißerfolg des Dentisten erinnert wurden und der arme Schlucker am Ende seine geringe Praxis ganz einbüßte.

Der Dentist aber war so wie so pleite. Kein Mensch suchte ihn mehr auf; denn ganz Altenroda sprach von dem schweren Unfall Ansorges. Da kam der Zahnheilkünstler eines Tages zu Ansorge und bat ihn ganz zerknirscht um Verzeihung.

»Ich bin selber halb gestorben vor Angst um Sie, Herr Ansorge! Ich habe mich zu zeitig selbständig gemacht; daran liegt's. Ich hätte lieber, was die Zahnheilkunde betrifft, noch manches dazu lernen sollen.«

»Ja!« sagte Ansorge leise.

»Von Altenroda muß ich weg«, fuhr der Dentist betrübt fort. Die Leute haben das Vertrauen zu mir verloren. In Magdeburg könnte ich eine Gehilfenstelle bekommen und vieles lernen; aber ich habe Schulden. Wenn ich jetzt meine Instrumente verkaufe, kann ich später nicht mehr neu anfangen; denn diese Sachen werden von Tag zu Tag teurer.«

»Wie viel haben Sie denn Schulden?« fragte Ansorge nebenher.

»Tausend Mark«, sagte der Dentist und errötete.

»Und dann brauchen Sie ja wohl noch Geld für die Übersiedelung nach Magdeburg?«

Der Dentist nickte und seufzte.

»Ja, das ist schlimm«, sagte Ansorge und stand auf. Er setzte sich aufs Sofa, wo, wie immer, sein Dachshund lag, und kraute in Gedanken dem Hunde die Kehle. Der knurrte nach dem Dentisten hinüber. Das sollte heißen: »Wenn du willst, beiße ich ihn hinaus!« Ansorge steckte dem Köter ein Stück Zucker ins Maul, das er für solche und ähnliche Fälle immer in der Rocktasche hatte, trat ans Fenster und sah auf die Straße. Die Höllenqualen, die er ausgestanden hatte, fielen ihm ein, die schwere Operation, die Verunstaltung des Gesichtes, der Vollbart, der spitz, lückig und unschön um seinen Mund sproßte, schließlich auch die hohe Rechnung, die die medizinische Größe aus der Großstadt geschickt hatte. »Lieber Herr Dentist Hornriegel«, wollte er sagen, »ich trage Ihnen nichts nach. Für Magdeburg wünsche ich Ihnen viel Glück; weiter kann ich aber nichts für Sie tun.«

Als er sich jedoch umwandte und das zerknirschte Gesicht des jungen Mannes sah, sagte sich Ansorge, es sei unrecht, in einem solchen Falle hartherzig zu sein. So sagte er etwas ganz anderes, als er sich vorgenommen hatte: »Na, in Gottes Namen, Herr Hornriegel, da werde ich Ihnen halt tausendfünfhundert Mark leihen; da wird's wohl reichen.«

Aus Hornriegels vielen mit Tränen betauten Dankesworten blieb Ansorge nur die ständig wiederkehrende Beteuerung im Sinn:

»Sie werden sehen, Herr Ansorge, ich bin kein Unwürdiger. Ich bin strebsam; ich werde noch ein tüchtiger Dentist werden. Und Ihr Geld kriegen Sie wieder!«

Als Hornriegel mit den tausendfünfhundert Mark abgezogen war, setzte sich Ansorge wieder zu seinem Dackel aufs Sofa. Das Vieh drehte ihm den Schwanz hin. Das war das schlimmste Zeichen seiner Verachtung. Nicht einmal ein Stück Zucker nahm der erzürnte Vierbeiner an.

Jahre vergingen. An seinem vierzigsten Geburtstag, als die Festgäste alle gegangen waren, saß Ansorge abermals bei seinem Dackel, der unterdes eine weiße Schnauze bekommen hatte.

»Dackel«, sagte er; »jetzt sind wir vierzig Jahre alt geworden. Ins Schwabenalter sind wir gekommen. Meinst du, daß wir jetzt weise werden?«

Der Hund schüttelte den Kopf, daß ihm die Ohren klatschten. Er will sagen, dachte Ansorge: ich war schon immer weise, du wirst es nie. Und in diesem Augenblicke fiel ihm der Dentist ein, von dem er nie wieder etwas gehört hatte, von dem er gar nicht wußte, ob er überhaupt nach Magdeburg gezogen war.

Eine halbe Stunde der Träumerei verging. Der Hund knurrte und bellte leise im Schlaf. Vielleicht träumte ihm von dem Dentisten, den er einmal hatte hinausbeißen wollen, dieses aber damals nicht gedurft hatte ...

Am nächsten Tage bekam Ansorge einen Brief.

»Verehrter Herr Ansorge!
Bitte um Verzeihung, daß ich mich nicht eher gemeldet habe. Mir ist es indes sehr unterschiedlich, meist recht schlecht ergangen. Aber nun habe ich es geschafft. Ich bin selbständiger Dentist in einer hannoverischen Mittelstadt, und mein Kundenkreis wächst von Woche zu Woche. Mißerfolge habe ich nicht mehr gehabt; ich habe in den Jahren viel gelernt. Seit einem Vierteljahr bin ich glücklich verheiratet. Die Neueinrichtung hat viel gekostet, sonst könnte ich Ihnen die tausend Mark, mit denen Sie mir aus bitterster Not geholfen haben, bald zurückzahlen. So muß ich Sie bitten, heute mit der ersten Ratenzahlung von fünfhundert Mark zufrieden zu sein. Das andere und die aufgelaufenen Zinsen folgen binnen einem Jahre nach. Im »Altenrodaer Stadtblatt«, das ich immer noch mithalte, las ich, daß der so hochbeliebte Bürger der Stadt, Herr Ansorge, seinen vierzigsten Geburtstag feiert. Bitte, nehmen Sie auch einen herzlichen Glückwunsch an von Ihrem fürs ganze Leben dankbaren
Hornriegel, Dentist.«

Mit diesem Briefe in der Hand stand Ansorge lange still da. Er sagte sich:
»Da war nun wieder einmal so etwas wie eine Sorge in mein Leben gekommen. Und nun ist sie zu nichts geworden; sie ist durch eine große Freude aufgewogen worden.«
Dann schlug er den Dackel, der auf dem Sofa lag, auf den Buckel und sagte mit einem glücklichen Lachen:
»Ach, Dackel, was bist du doch für ein dummer Kerl!«
Der Hund brummte.
Er will sagen, dachte sich Ansorge, es hätte ja auch anders kommen können. Aber es blieb eine große Freude in ihm. Und seine zweite persönliche Sorge war aus.

Ansorge war ein tüchtiger Kaufmann. Er verstand es, mit seiner Arbeiterschaft und seiner Kundschaft ganz ausgezeichnet umzugehen, und wenn sich sein Reichtum trotz hoher Einnahmen nicht vermehrte, so lag das daran, daß die klugen Stadtväter von Altenroda Herrn Ansorge zum Armendirektor gewählt hatten. Die Stadtväter wußten genau, so lange Ansorge Direktor war, brauchten sie den Armenetat nicht zu erhöhen; denn Ansorge leistete Riesenzuschüsse aus eigener Tasche. Dabei lebte er selbst äußerst bescheiden, ja, er schränkte sich ein. Als er aber einmal aus irgend einem Anlaß eine gute Flasche Wein für drei Mark trank, drohte ihm der Stadtkämmerer mit dem Finger und sagte:

Direktorchen, Direktorchen, leben Sie nicht über die Verhältnisse der Stadt!«

Am meisten kosteten Ansorge die Kinder, zumal zu Weihnachten. Dieses liebliche Fest plünderte seine Kasse meist vollständig aus. Vom fünfundfünfzigsten Lebensjahre an bekam der Wohltäter den Namen »Vater Ansorge«, den er, der nie eigene Kinder gehabt hatte, mit Stolz trug.

Der Apotheker, der manchmal gebildete Reden führte, sagte einmal im »Goldenen Löwen«, Ansorge sei der stärkste Altruist, der ihm begegnet sei. Alle Stammtischgäste nickten ihm Beifall zu, obwohl keiner wußte, was ein Altruist sei. Ansorge schüttelte den Kopf. Er sagte nichts, aber er dachte sich: Wenn Ihr nur wüßtet, was ich für ein Egoist bin. Wer etwas Gutes unterlassen hat, ist in schlechter Stimmung. Das Essen und die Zigarre schmecken ihm nicht, er ist unfroh und fühlt sich elend. Wie anders fühlt sich der Mensch nach einer guten Tat. Ganz herrlich ist das Hochgefühl, das er hat. Es ist, als ob die Seele ein Bad genommen und sich darauf an etwas ganz Gutem satt gegessen und satt getrunken hätte. Und dieses Wohlgefühl geht auf den Körper über. Wer Gutes tut, tut es in erster Linie sich selber.

Ganz und gar unzufrieden mit Herrn Ansorges Wohltätigkeitssinn war der Prokurist seines Geschäfts, Herr Sperlich. Mit Ingrimm sah Sperlich, wie die hohen Reinerträgnisse, die er, der langjährige treue Beamte, aus dem Unternehmen herauswirtschaftete, aus Ansorges allezeit offenen Händen verrannen. Man hätte die Anlage vergrößern, das Geschäft verdoppeln können, wenn eben nicht diese unselige Verschwendungssucht des Chefs gewesen wäre.

Der Ruf von Ansorges Wohltätigkeitssinn war inzwischen weit über die Grenzen von Altenroda hinausgedrungen. Von weither kamen Bittbriefe. Einmal kam ein solcher aus Hamburg. »Dr. Meier, Schriftsteller«, war er unterzeichnet. Was sich alles unter dem ehrlichen Namen »Schriftsteller« verbirgt, ist schauerlich. Aber das wußte Ansorge nicht, auch flößte ihm der Doktortitel Vertrauen ein. Der Brief erschütterte ihn. Er gab das Bild einer menschlichen Lebenstragödie, herzbewegender, unverschuldeter Leiden, und endete in dem Hilferuf: »Sie, edler Herr, sind meine letzte Hoffnung. An Ihnen liegt es, ob ich weiter leben, weiter schaffen kann, oder ob ich untergehen muß. Nächsten Freitag abends sechs Uhr schlägt meine Schicksalsstunde. Habe ich dann nicht sechshundert Mark in der Hand, so ist es aus mit mir. Es bleibt mir dann nichts übrig, als mich noch am selben Abend aufzuhängen. Einen Revolver besitze ich nicht, kann auch keinen kaufen. Meine arme, unschuldige Familie muß ich dann ihrem Schicksal überlassen. Nun entscheiden Sie, was geschehen soll.«

Dieses Schreiben zeigte Ansorge seinem Prokuristen. Sperlich pfiff leise durch die Zähne und legte den Brief auf den Schreibtisch.

»Nun?« fragte Ansorge.

Aber Sperlich war schon wieder in seine Arbeit vertieft, und Ansorge wollte ihn nicht stören. Also ging er leise hinaus. Er hatte ohnehin zu tun. Draußen vor der Stadt lebte eine Witwe, die sich durch Weißnähen ernährte. Sie hatte einen einzigen Sohn, einen hübschen, intelligenten Bengel, an dem sie in abgöttischer Liebe hing. An was sollte auch das arme Weib, das nichts auf der Welt besaß als dieses Kind, sein Herz sonst hängen? Ansorge hatte dem Jungen eine gute Lehrlingsstelle bei einem Optiker verschafft. Was tat der Lumpazius? Bestahl seinen Chef um hundertfünfzig Mark. Da war er denn hinausgeworfen worden, und der empörte Optiker drohte außerdem mit Anzeige.

Der Fall hatte Eile. War der Anzeigebrief erst beim Gericht, so war nichts mehr zu wollen. Also hin zum Optiker! Dr. Meier in Hamburg mußte warten. Es war erst Montag, und Meiers Schicksalsstunde schlug erst Freitag abend um sechs. Hier galt es zunächst, dem Optiker die hundertfünfzig Mark zu ersetzen, die der schreckliche Junge verlumpt hatte. Allein fünfunddreißig Mark für eine Busennadel mit Brillanten hatte der Kerl ausgegeben. Ansorge mußte lachen, wenn er an dieses Schmuckstück dachte. Am besten wäre es natürlich, der Optiker nähme den Jungen, der bittere Reuetränen vergoß, wieder auf. Ein deutlicher Denkzettel würde dem Bürschlein genügen. War aber der Optiker harthörig, nun, so blieb Ansorge wohl nichts übrig, als den jungen Fant zunächst im eigenen Betriebe zu beschäftigen und ihn im Auge zu behalten, natürlich, ohne sein ohnehin verletztes Ehrgefühl weiter zu kränken.

Gegen elf Uhr kam Ansorge nach Hause. Er war hundertfünfzig Mark los geworden und hatte den diebischen Jungen auf dem Halse. Etwas nervös trat er ins Büro. »Wir wollen jetzt den Hamburger Brief erledigen«, sagte er.

»Ist schon erledigt«, brummte der Prokurist Sperlich.

»Ah, Sie haben die sechshundert Mark hingeschickt?«

»Nein, das nicht; ich habe was ganz anderes hingeschickt?«

»Was denn?«

»Einen Strick. Der Mann will sich ja doch aufhängen; da wollte ich ihm gefällig sein.«

»Herr Sperlich, Sie erlauben sich einen merkwürdigen Scherz.«

»Es ist kein Scherz, Herr Ansorge. Ich habe tatsächlich einen neuen hänfenen Strick an diesen Dr. Meier nach Hamburg geschickt. Und zwar als Eilpaket.«

»Herr – Herr Sperlich – wenn das wahr ist ...«

»Es ist wahr!«

»Dann – dann sind Sie entlassen!«

»Wie sagten Herr Ansorge?«

»Wenn das wahr ist, daß Sie nach Hamburg den – den Strick gesandt haben, sind Sie entlassen.«

»Schön!« sagte der Prokurist. Er legte seine Schreibsachen pedantisch gerade, wischte die Feder sorgsam am Tintenputzer ab, stand dann langsam auf, rückte den Schreibtischstuhl zurecht, nahm seinen Hut vom Kleiderhaken, sagte: »Guten Tag, Herr Ansorge«, und ging nach Hause.

Das geschah alles in so großer Gelassenheit, daß Ansorge wie in Betäubung dastand. Erst allmählich wachte er auf.

Ungeheuerliches war geschehen. Er hatte jemand gekündigt, nein, nicht gekündigt, sondern Knall und Fall entlassen. Sperlich! War denn das möglich? Aber der Mann hatte ja ein Verbrechen begangen, hatte einem Verzweifelten den letzten Mut genommen, einen mit dem Tode des Ertrinkens Ringenden vollends unter Wasser getaucht. Und die Familie, die arme Familie des Doktor Meier!

Ein dringendes Telegramm wurde aufgesetzt. Tausend Mark gingen telegraphisch nach Hamburg, dazu die Bemerkung: »Eilpaket bedauerlichstes Mißverständnis. Fassen Sie Mut, helfe Ihnen weiter. Ansorge.«

Als Ansorge dieses Telegramm persönlich abgegeben und seine tausend Mark losgeworden war, fühlte er sich wohler. Gegen Sperlich hatte er großen Groll. Solche Gemütsroheit hätte er dem Manne nie und nimmer zugetraut. Sperlich war Vorsitzender des Tierschutzvereins. Wer konnte von einem solchen Manne auch nur eine Unzartheit erwarten? Und dieses Benehmen, dieses Absenden eines Strickes an einen Menschen, der in Verzweiflung war! Ein Rätsel, ein unerforschbares Rätsel! Außerdem war Sperlich ein schlechter Geschäftsmann. Mit sechshundert Mark wäre der Fall zu erledigen gewesen, nun, nach der furchtbaren Kränkung, die Doktor Meier in Hamburg erlitten hatte, mußte natürlich eine Art Sühnegeld gezahlt werden. (Das waren also die vierhundert Mark, die Ansorge über die geforderte Summe geschickt hatte.) Diesen Verlust von vierhundert Mark hatte er Herrn Sperlich zu verdanken.

Eine unruhige Nacht verging. Am nächsten Morgen Punkt acht war Ansorge im Büro. Sperlichs Platz war leer. Sperlich war als der Gewissenhafteste aller Angestellten sonst schon immer um drei Viertel acht da. Also, da er um drei Viertel acht nicht gekommen war, kam er überhaupt nicht. Er hatte die Kündigung ernst genommen.

Herrn Ansorge faßte eine leise Übelkeit an. Vierundzwanzig Jahre war Sperlich im Geschäft. Eine Perle von Ehrlichkeit und Tüchtigkeit! Dukatengold von Charakter! Nächstes Jahr sollte Sperlich sein fünfundzwanzigstes Geschäftsjubiläum feiern, und Ansorge zerbrach sich schon wochenlang den Kopf über das Festprogramm. Und nun? Kündigte ihm! Nein, warf ihn hinaus!

Ansorge war überzeugt, daß ihn ganz Altenroda als einen rohen, undankbaren Patron ansehen würde, wenn dieser Hinauswurf des allgemein geschätzten Herrn Sperlich bekannt wurde. Vielleicht würden die Arbeiter in einen Proteststreik treten. Dann – das nahm sich Ansorge vor – würde er unter jeder nur irgend annehmbaren Bedingung seine Fabrik verkaufen, seine Vaterstadt verlassen, um irgendwo auf der Welt einsam und fremd sein Leben zu beschließen.

So nervös geworden – schickte Ansorge einen Boten in Sperlichs Wohnung mit der Anfrage, ob etwa Herr Sperlich nicht wohl wäre, da er nicht im Geschäft sei. Der Bote kam zurück und meldete: »Herr Sperlich ist verreist.« Das ganze Personal machte erstaunte Augen. Ansorge las aus diesem Erstaunen schweres Mißtrauen und heftige Vorwürfe gegen sich selbst.

Zwei Tage später saß Ansorge entgeistert vor einem Briefe.

»Auskunftei Spürvogel, Hamburg.

Auf die von Ihrer Firma an uns gerichtete Anfrage erwidern wir ergebenst folgendes:

›Schriftsteller‹ Dr. Meier ist ein sogenanntes verbummeltes Genie. Er ist ein total verlumptes Individuum, das wegen Eigentumsvergehen und Schwindeleien aller Art schon oft mit dem Strafrichter Bekanntschaft gemacht hat. Neuerdings verlegt er sich berufsmäßig auf die Herstellung wirksamer Bettelbriefe, die er an Personen verschickt, die als besonders wohltätig gelten. Meier erzielt durch seine Manipulationen oft größere Beträge. Er sucht in seinen Briefen immer besonderes Mitleid mit seiner bedrohten Familie zu erwecken. Meier hat aber keine Familie; er ist alter Junggeselle. Auch ist ein besonderer Trick Meiers, mit Selbstmord zu drohen, falls er bis zu einer gewissen Stunde die geforderte Summe nicht erhält. Darüber macht er dann beim Weine seine besonderen Scherze. Wenn er einen größeren Erfolg gehabt hat, lädt er seine intimsten Freunde und Freundinnen zum Weine und sagt beim ersten Glase: ›Na, prosit auf das dumme Luder!‹ Es ist nicht weiter notwendig zu warnen, dem Schwindler auch nur die geringste Summe leih- oder geschenkweise zu gewähren.«

Hab' einer tausend Mark abgeschickt und krieg' einer einen solchen Brief!

Ansorge las die »Auskunft«, die ja wohl Herr Sperlich von der Firma aus noch veranlaßt hatte, immer aufs neue.

So ein Lump! So ein Lump!

Dem hatte er tausend Mark geschickt!

Und der merkwürdige Toast, der in der »Auskunft« erwähnt war, der war ja nun in Hamburg wohl längst auf ihn – Herrn Ansorge – ausgebracht worden. Vielleicht war er zweimal ausgebracht worden, weil Ansorge ja mehr geschickt hatte, als von ihm verlangt worden war.

Ein dummes ...

Danke schön!

Ansorge war kreideweiß. Er stand auf, zerriß den Brief der Auskunftei in hundert Fetzen und ging krank nach Hause.

In der Nacht bekam er Schüttelfröste. In einem fiebrigen Traume sah er Herrn Sperlich, seinen unersetzlichen Prokuristen, vor einem

Hamburger Großhandelsherrn stehen, der ihm die Hand reichte und sagte:

»Also, Herr Sperlich, ich engagiere Sie! Wir hier in Hamburg wissen um Dr. Meier und Konsorten Bescheid.«

Wie eine weiße, angeschossene Taube war Ansorges Seele. Rund um seine reine Menschenliebe sah er die wilden Jäger roher Selbstsucht lauern.

Und da kam ihm ein Gottesgeschenk an Trost.

Ein kleines Mädelchen lebte in der Vorstadt, das Kind eines Eisenbahners, der in seinem Beruf zu Tode verunglückt war. Das Kind war vier Jahre alt, seine verwitwete Mutter fünfundzwanzig. Das Weib sah dem jäh dahingerafften Gatten in verzehrender Trauer nach. Ihr einziges Lebensglück war das vierjährige Mädchen. Das fiel beim Spielen in den durch Gewitter hochgeschwollenen Fluß. Und es wurde gerettet. Durch den einzigen fähigen Kerl gerettet, der zufällig in der Nähe war. Und dieser einzige zu einer Lebensrettung fähige Kerl war der Sohn der Weißnäherin, der Lumpazius, der seinem Chef hundertfünfzig Mark gestohlen hatte und zurzeit nur darum nicht weit weg von Altenroda in einer Besserungsanstalt war, weil ihn Ansorge davor bewahrt hatte. Ansorge ging zu der Mutter des geretteten Kindes. Sie sagte ihm: »Ach, Herr Ansorge, wenn Ihr Lehrling, der junge Schmiedecke, nicht gewesen wäre, da wäre ja alles, alles dahin! Ich habe ihm meinen goldenen Fingerring angeboten, aber er hat ihn nicht gewollt.«

Ansorge ging in sein Geschäft, nahm sich den »Lumpazius« vor und führte folgende Unterhaltung mit ihm:

»Schmiedecke, du weißt, daß du einmal ein Lump gewesen bist.«

»Ja«, sagte Schmiedecke beklommen.

»Schmiedecke, ich sage dir, das mit der kleinen Trubel, das war eine Edeltat, und daß du den Fingerring nicht angenommen hast, war vielleicht noch mehr. Schmiedecke, ich hoffe, du wirst Karriere machen!«

Da fing der Junge so an zu weinen, daß Ansorge flink hinausging.

Es war abends neun Uhr. Ansorge saß an seinem Schreibtisch, hatte einen Briefbogen vor sich und grübelte. Der Prokurist Sperlich!

Ansorge hatte sich überwunden, nochmals zu Frau Sperlich geschickt und sich nach ihrem Gatten erkundigen lassen. Er sei in einer Sommerfrische, es gehe ihm gut, ließ Frau Sperlich sagen, und sie danke für die freundliche Nachfrage.

Was tut der Chef eines Unternehmens mit einem Angestellten, der auf eigene Faust ohne Urlaub wochenlang in die Sommerfrische geht, der sagen läßt, es ergehe ihm gut da, und er danke für die freundliche Nachfrage?

Entläßt ihn! Jawohl, aber das ging hier nicht an; denn Sperlich war schon entlassen. War bei Lichte besehen ein Mann, der von der Firma Ansorge aus tun und lassen konnte, was er wollte.

Was sollte man so einem Manne schreiben?

Ansorge saß drei Stunden lang vor dem leeren Briefbogen. Es war nicht der geschäftliche Verlust, der ihn bewegte. Einen neuen tüchtigen Prokuristen, der sich voraussichtlich rasch einarbeiten würde, hatte ihm ein Geschäftsfreund empfohlen. Er brauchte nur zuzugreifen.

Aber er wollte den alten, treuen Menschen, den Dukatencharakter zurückhaben.

Um elf ging Ansorge schlafen. Um eins stand er wieder auf. Er schrieb auf den Briefbogen:

»Lieber Herr Sperlich!

Was zwischen uns geschehen ist, geschah von mir aus im Affekt. Ich weigere mich nicht, über mein damaliges Verhalten mein Bedauern auszusprechen. In der Sache selbst hatten Sie nämlich recht. Wenn Sie die Kündigung als nicht geschehen ansehen und die alten für meine Firma wertvollen Beziehungen aufrechterhalten wollen, so bitte ich um bezüglich Nachricht. Für den Fall Ihres Wiedereintritts in die Firma gebe ich Ihnen weitere drei Wochen Urlaub.«

Dieser Brief ging am 3. August von Altenroda ab. Am 5. August, früh drei Viertel acht, saß der Prokurist Sperlich in seinem Büro und arbeitete, ohne vom Pult aufzusehen.

Drei Tage später sagte Ansorge zu Sperlich:

»Was meine Wohltätigkeitsbestrebungen anlangt, so mögen, Herr Sperlich, in Zukunft *Sie* die auswärtigen Angelegenheiten erledigen. Natürlich immer nach gerechter und wohlwollender Prüfung. Ich glaube, daß es in solchen Fällen gut ist, vorher vertrauenswürdige Erkundigungen einzuziehen.«

»Jawohl, Herr Ansorge«, sagte Sperlich, »ich werde alles gewissenhaft besorgen.«

Ein Mißtrauen aber blieb bei Ansorge doch. Der Strick – der Strick! Das war doch gar zu drastisch. Schließlich schickte Sperlich einem armen Mädel, das sich zu vergiften drohte, eine Schachtel »Rattentod«, einer anderen, die sich ertränken wollte, eine Badekappe. Zuzumuten wäre es ihm – dem Rauhbein. Und so einer hieß Sperlich. Rabe müßte er heißen oder Uhu!

Schön aber war es, daß Sperlich wieder da war. Und seltsam war das Folgende.

Sperlich kam eines Tages zu Ansorge und sagte:

»Herr Ansorge! Ich habe ja wohl die Bearbeitung der Fälle für auswärtige Wohltätigkeit übertragen bekommen; aber nun ist ein Fall da, wo ich Sie doch um Ihr ganz spezielles Einverständnis bitten muß. In unserer Nachbarstadt Wilmershofen wird eine Heilanstalt für unbemittelte Lungenkranke errichtet. Die Firma ist angegangen worden, einen Beitrag zu zeichnen. Wie hoch soll er sein?«

Ansorge trat ans Fenster. Das tat er immer, wenn er tief nachdenken wollte, obwohl es – so fiel ihm einmal ein – unlogisch ist, bei tiefem Nachdenken auf die Straße zu sehen.

Jetzt waren seine Gedankengänge so: Ein junger Mann von siebenundzwanzig Jahren kriegt die Schwindsucht – Frau, zwei kleine Kinder – denkt sich: Hätt' ich Rettung! Hätt' ich Rettung, daß ich bei euch bleiben könnte, ihr lieben drei! Hat keine Rettung. Dann eine junge Witwe – Mann an Schwindsucht gestorben – sie sich angesteckt – zwei Kinder – muß auch hinüber – die Kinder Waisen – furchtbar!

Also dreißigtausend Mark müßten es anstandshalber sein. Das letzte Jahr war schlechter als die vorigen; dreißigtausend Mark waren viel Geld für die Firma. Zudem: der ganze Umkreis, die Provinz, der Staat mußten mitwirken an dem unbedingt notwendigen Werke. Die Hauptsache aber: Sperlich! Was würde Sperlich sagen, wenn er dreißigtausend Mark für eine Lungenheilanstalt verlangte, von ihm, der ehedem wegen sechshundert Mark einen Strick absandte?

Trotzdem: in so heiliger Liebeshilfe durfte keine Feigheit sein! Mochte schließlich selbst Herr Sperlich wieder ins Gebirge gehen.

Ansorge wandte sich am Fenster um. Sein Gesicht war blaß, gefaßt, ja bestimmt.

»Herr Sperlich«, sagte er, »bei einem so dringenden Liebeswerk wird sich meine Firma mit einem ansehnlichen Betrage beteiligen. Ich werde die Zeichnung keinesfalls unter – unter fünfzehntausend Mark halten.«

Sperlich saß auf seinem Stuhl, den Körper vornüber geneigt, die Hände zwischen die Knie geklemmt.

»Nun? Sind Sie mit der Summe einverstanden?«

»Nein!« sagte Sperlich mit rauher Stimme.

Ansorge trat wieder ans Fenster. Was ihm die da unten reifentreibenden Kinder und der einen Prellstein beschnubbernde Hund sowie das eine Markttasche tragende Weib in seinen Fragen zu offenbaren hatten, wußte Ansorge nicht. Aber er sah immer, wenn er tief in Gedanken war, auf die Straße.

Also, mit den fünfzehntausend Mark war Sperlich nicht einverstanden. Was wollte der Knicker? Nie weit reichte eigentlich seine Menschlichkeit?

Abermals wandte sich Ansorge um. Sein Gesicht war noch um einen Schein blasser, gefaßter, bestimmter geworden.

»Herr Sperlich, wenn sich unsere Firma an dem Liebeswerk beteiligt, dann keineswegs unter zehntausend Mark.« Sperlich erhob sich.

»Herr Ansorge, Ihrem Willen untersteht ja alles. Ich hätte mir bloß erlauben wollen, einen anderen Vorschlag zu machen.«

»Nun?«

»Ich – ich wollte – dreißigtausend Mark vorschlagen. Es wird auch manchen armen Schlucker aus unserem Betrieb geben, der drüben Zuflucht suchen muß.«

Ansorge trat abermals ans Fenster.

Der eine Junge hatte der Grünzeugmuttel den Reifen gegen den Bauch gefahren um dafür eine beträchtliche Ohrfeige in Empfang zu nehmen.

Kreiselnde Welt!

Ansorges Gesicht erhellte sich, wie wenn die Sonne aufgeht über einer im Nebel schauernden Flur.

Das dritte Mal wandte er sich um.

»Na, Sperlich, ich hatte ja zuerst selber an dreißigtausend gedacht; ich hatte es doch nur aus Sorge vor Ihrem Widerspruch nicht aussprechen mögen.«

»Die Entscheidung liegt immer bei Ihnen, Herr Ansorge!«

Das war zwar nicht ganz tatrichtig, aber es war schön gesagt von Herrn Sperlich.

Ansorge und Sperlich waren für immer treu verbunden. Und so war Ansorges dritte persönliche Sorge aus der Welt.

Es gibt viele Dichter und Philosophen, die behaupten, das rarste Pflänzlein auf der Erde sei die Dankbarkeit. Von Herrn Ansorges Leben läßt sich das nicht sagen. Er hat viele, auch ganz rührende Dankbarkeit erfahren. Seine weichen Schlapphüte hielten in der Krempe keinen Monat die Form; denn ganz Altenroda grüßte ihn. In der Schule hatte eine junge Lehrerin einmal gefragt, ob die Kinder ganz schlechte Menschen aufzuzählen wüßten. Da war folgende Liste herausgekommen: Kain, Judas, Herodes, Kaiser Nero, Napoleon und der Kutscher Nimietz aus Altenroda. (Niemitz hatte ein Pferd so mißhandelt, daß er auf die Anzeige Herrn Sperlichs, des Vorsitzenden des Tierschutzvereins, einen Monat Gefängnis bekam.)

Und nun sollten die Kinder die besten Menschen nennen. Das sagte das eine Mädchen:

»Jesus Christus!«

»Vortrefflich!« lobte die Lehrerin; »er war zwar Gottes Sohn, aber er war doch auch ein Mensch wie wir! Der Beste von allen Menschen. – Und nun nennt noch einen ganz guten Menschen.«

Da meldete sich die halbe Klasse.

»Herr Ansorge!«

Die Lehrerin war verblüfft. Aber sie war ein kluges Mädchen, und so erkannte sie: hier ist von Kindermund erst der Meister und dann ein Jünger genannt worden. Sie machte die wehmütige Erfahrung, daß die Kinder auf die Frage nach anderen ganz guten Menschen sich mühsam den Kopf zerbrechen mußten, und hatte nichts dagegen, als ein kleines Kind als dritten in der Reihe der ganz guten Menschen sagte:

»Mein Vater!«

Diese Schulgeschichte sprach sich herum. Ganz Altenroda freute sich – bis auf einen, dem sie außerordentlich peinlich war. Das war

Herr Ansorge selbst. Niemand durfte ihm von dieser Geschichte sprechen, selbst seine besten Freunde nicht.

Der, der sich am meisten über diese – so drückte er sich aus – Abstimmung über gute und böse Geister aufregte, war Dr. Schicketanz.

Im »Löwen«, als Ansorge am Stammtisch fehlte, äußerte sich Schicketanz also:

»Die Frage nach guten und schlechten Menschen ist im Grunde genommen Unsinn. Überhaupt Kindern gegenüber, die keine Lebenserfahrung haben. Aber die Sache mit dem Ansorge, die ist doch bedeutsam. Da ist doch etwas ins Volksbewußtsein gedrungen, etwas ins Vertrauensvolle, Gläubige gewachsen. Ich habe lange den Ansorge für einen Narren gehalten; ich weiß jetzt, daß er ein Weiser ist, der viel mehr inneres, wahres Glück hat, als wir alle. Und was die Lehrerin anlangt, die die an sich unsinnigen Fragen gestellt hat, so will ich in der Stadtverordnetenversammlung beantragen, daß sie die Leitung der Mädchenschule bekommt. Meine eigenen Enkelkinder lasse ich so wie so seit jenem Tage von ihr unterrichten.«

Drei Tage später, bei einer ganz unpassenden Gelegenheit, aber unter vier Augen, machte Dr. Schicketanz mit Ansorge Bruderschaft. Ansorge, der in Untertertia sitzen geblieben war, als Schicketanz schon nach Oberprima kam, fühlte sich aufrichtig geehrt. Er war damals dreiundsechzig, Schicketanz achtundsechzig Jahre alt.

Da starb in Altenroda ein betagtes Weib, das eine so einsame Seele gewesen war, daß sie keinerlei Verwandte hinterließ.

Die Hinterlassenschaft umfaßte etliches wurmstichiges Möbelzeug, alte Weiberkleider, einen geringen Bestand an Wäsche und ein Sparkassenbuch über achtzehnhundertsechsundzwanzig Mark fünfundsechzig Pfennige. Obwohl nun die Erbschaft ja nicht bedeutend genannt werden konnte, hatte die alte Frau ein Testament gemacht. Unter dem Kopfkissen, auf dem sie ihre müden Augen geschlossen hatte, wurde ein Zettel gefunden, darauf stand handschriftlich:

»Von dem, was ich habe, soll ein ganz einfaches Begräbnis bezahlt werden. Was übrig bleibt, vermache ich alles Herrn Ansorge in Altenroda.
     Altenroda, den 25. Mai 1910. Anna Lüdke.«

Es war kein Zweifel, das Testament war rechtsgültig. Ein paar alberne Spötter wollten Witze machen; aber sie verstummten bald. Alle Leute fühlten, daß hier eine dankbare Seele ihren letzten Willen kundgetan hatte. Alle Leute waren aber auch neugierig, wie sich Herr Ansorge zu der an ihn gefallenen Erbschaft verhalten werde.

Nun, das Begräbnis der Frau Anna Lüdke wurde wirklich ganz einfach gehalten, so wie sie es bestimmt hatte. Es kostete alles in allem zweihundertachtzig Mark. Einige Weiber in Altenroda rechneten nun damit, daß Ansorge den Rest der Erbschaft unter sie verteilen werde. Aber sie verrechneten sich. Ansorge ließ alles Mobilar und alle anderen Gegenstände in sein Haus bringen, wo er ein eigenes Zimmer damit ausstattete und ein Bild der Anna Lüdke aufhängen ließ. Er saß öfters in diesem Zimmer, arbeitete auch manchmal dort. Das Sparkassengeld hob er für seine eigene Kasse ab. Er achtete die Erbschaft; er trat sie an. Der Anna Lüdke ließ er ein Denkmal setzen. Es war nach Meinung der Leute lange nicht das »schönste« auf dem Friedhof von Altenroda; aber es war das wertvollste, auch bei weitem das teuerste. Ein wirklicher Künstler hatte es geschaffen.

Auch der reinste Tag geht zu Ende. Als Ansorge siebzig Jahre alt war, kam das Sterben an ihn heran. Das Sterben gilt ja für die Menschen alle als die letzte Not. Auch an Ansorge trat die letzte Not, die letzte Sorge heran.

Es wäre auch alles milde und in Frieden verlaufen, wenn Dr. Schicketanz nicht gewesen wäre. Der war schuld, daß Ansorge seine vierte und letzte Sorge schwer wurde. Nicht nur, daß er mit allen medizinischen Künsten und Listen Ansorge das Sterben von Woche zu Woche vereitelte, er griff auch zu absonderlichen Mitteln anderer Art.

Da saß der alte Eisbart an Ansorges Krankenlager und sagte:

»Also, sterben möchtest du, Freundchen? Möchte dir wohl passen! So gar nichts mehr tun als immerfort auf dem Rücken liegen und die Augen zuhaben. Das gibt's aber nicht! Du bist siebzig, ich bin fünfundsiebzig. Du bist in Untertertia kleben geblieben, als ich nach Oberprima versetzt wurde. Nachtragen will ich dir das ja heute nicht mehr; der Fall ist schließlich verjährt, und du hast ja doch die Schule durchgemacht. Aber Komment ist Komment! Erst die Prima, dann die Tertia! Erst ich, dann du! Ich mache mit meinen fünfundsiebzig

Jahren noch die Leute gesund, im Hause für zwei Mark und fünfzig Pfennige und in der Sprechstunde für eine Mark. Und du willst einfach so losgehen? Nein! Erst die Prima, dann die Tertia! Erst wird von mir gestorben, dann von dir! Verstanden? Du bist erst fünf Jahre nach mir an der Reihe. Vordrängeln gilt nicht!«

Ansorge lächelte auf seinem Krankenlager und dachte: Er ist ein guter Arzt. Dann sagte er matt:

»Ja, lieber Freund, der Herrgott hat wohl für seine Versetzungen einen anderen Modus als die Oberlehrer. Du wirst es schon nicht ändern können, daß ich das große Abitur *vor* dir mache.«

»Das werde ich ändern!« zürnte Schicketanz; »das gebe ich nicht zu!«

Am nächsten Tage sah Schicketanz, daß an Ansorges Schicksal kaum noch etwas zu ändern sei. Und er pflanzte die vierte, die letzte Sorge in Ansorges Leben. Es war im April, und es herrschte ständig wechselndes, meist böses Wetter. Da sagte Dr. Schicketanz zu seinem Patienten:

»Guck zum Fenster hinaus! Kannst du es verantworten, bei solchem Wetter zu sterben? Was würde dann geschehen? Ganz Altenroda würde mit dir zu Grabe gehen. Du weißt, daß der letzte Teil des Weges zum Friedhof ungepflastert ist. Ich habe mir ihn gestern in deinem Interesse angesehen. Ein Sumpf – sage ich dir! Na also, was geschieht, wenn du jetzt stirbst? Ganz Altenroda geht mit zu Grabe, und halb Altenroda wird krank. Erkältet sich auf den Tod. Wieviel – glaubst du – werden allein an Lungenentzündung deines Begräbnisses wegen sterben?«

Und Ansorge fiel wirklich auf die Praktik dieses geistigen Dr. Eisenbart hinein. Er sagte sich: Es ist richtig, wenn ich jetzt sterbe, ist es ein Unglück oder doch für viele ein schweres Ungemach und für manche eine Gefahr. Wenn ich auch noch letztwillig wünschte, es möge niemand mit mir zu Grabe gehen, es würde nichts nützen. Unheil gäbe es sicher.

So war Ansorges letzte persönliche Sorge die um die Gesundheit seines Leichengefolges.

Doch die Lösung kam.

Schon am nächsten Tage erschien Dr. Schicketanz nicht mehr. Er war an einem Herzschlag verschieden.

»Erst die Prima – dann die Untertertia«, murmelte Ansorge unter Tränen. »Komment ist Komment!«

Ansorge lebte noch fünf Tage. Er beobachtete immer das Wetter. Ein Barometer wurde auf seinen Befehl an seinem Bette aufgehängt. Er sah oft nach dem schwarzen Zeiger, ob er vorrücke. Der Zeiger blieb stehen. Endlos spritzte der Regen; hart stieß der Nordwind ans Haus. Vier Tage nach Dr. Schicketanz' Tode fing der schwarze Zeiger an Ansorges Barometer langsam an, auf »Schön Wetter« zuzugehen. Ansorge sah es mit wehmütiger Befriedigung.

Bald stand der schwarze Zeiger auf »Beständig«.

In der Morgenstunde ging die Frühlingssonne auf. Auf der goldenen Straße ihrer Strahlen ging Ansorges Seele heim.

Seine letzte persönliche Sorge und alle anderen Sorgen seines Lebens waren vorbei.